마음병에는
책을 지어드려요

이상우 지음

경주에는
책을 처방하는
한의사가
살고 있습니다

남해의봄날 ◐

두 번째 책 처방 노怒

화는 나부터 태운다

네 번째 책 처방 락樂

아프기보단 건강하게, 괴롭기보단 즐겁게!

한의사가

책을 권하게 된 이유

나폴레옹이 군사를 이끌고 힘들게 산에 올라

"이 산이 아닌가?" 해서 다른 산봉우리에 다시 오른

뒤에 "저 산이었나?"라고 말했다는 우스갯소리가

있다. 나는 내 이야기 같아 웃을 수 없었다. 대학을

두 번 다니는 동안 내 처지가 바로 이와 같았다.

　고등학생 때 제레미 리프킨의 책 〈엔트로피〉를 읽고

감동했다. 인류의 종말을 피하기 위해서는 에너지를

과소비하는 사회에서 벗어나야 한다고 생각했다.

빅픽처를 실현하기 위해 응용생물화학을 전공으로

선택했다. 그러나 학과의 이름만 보고 내린 판단은

어리석은 짐작이었다. 학과 공부에 흥미를 느끼지

못한 나는 법학, 경영, 인문, 예술 등 교양수업에 더
열을 올렸다.

인생의 진로를 정하는 것만큼이나 인간관계에서도
나는 서툴기 짝이 없었다. 20세가 넘었으니
성인이라고는 하지만 처음 하는 연애 앞에서
좌충우돌이었다. 도로주행도 서툰 초보 운전자가
제 수준도 모른 채 질주하다 엎어진 꼴이었다. 인류에
대한 걱정은 무슨 주제 넘는 일이었던가. 나는 내
마음 하나 다스리지 못했다. 흔들리는 것은 세상이
아니라 나였다. 어지러운 마음에 닥치는 대로 책을
읽기 시작했다. 고등학생 때부터 군대에서까지 잠들기
전에 늘 읽었던 〈채근담〉이 큰 도움이 되었다. 이러한
공부를 평생 가까이 할 수 있는 직업으로 한의사를
떠올린 것이 한의학에 대한 첫 관심이었다. 마침
절친한 친구가 한의대에 다니고 있어서 한의대에서
〈논어〉, 〈맹자〉 같은 책을 많이 읽느냐고 물었다.
친구는 명쾌하게 "그렇다!"고 대답했다. 그 한마디에
나는 진로를 완전히 바꾸었다. 졸업을 1년 앞둔
겨울날, 나는 다시 수능을 보기로 결심했다. 낮에는

학교 수업을 듣고 밤이면 수능 공부를 했다. 몸은
고단했으나 마음은 새로운 도전으로 설레었다.

　　그러나 설렘이 늘 성공으로 이어지는 것은 아니다.
두 차례의 실패 끝에 간신히 한의대에 합격했으나
기막히게도 한의대에서는 〈논어〉, 〈맹자〉를 읽지
않았다. 친구에게 왜 거짓말을 했냐고 물으니 나와
함께 한의사를 하고 싶어서 그랬단다. 친구의 말만
믿고 올랐던 산을 내려와 다시 고생 끝에 다른
산에 올랐는데, 이 산도 내가 바라던 산은 아니었다.
순진하고 어리석었던 내 청춘은 예기치 않은 산을
마주했고, 그렇게 나는 늦깎이 한의학도가 되었다.
친구의 거짓말 때문에 들어간 한의대였지만, 결국
한의학을 공부한 덕분에 인생의 스승을 만났다.
이 산인가, 저 산인가 헤매고 다니며 인생의 행로를
옮겨 다녔던 그 모든 과정이 결국은 지금의 산에
오르기 위해 거쳐야 하는 능선이었다는 생각을 한다.

　　고백하건대 나는 돈을 많이 버는 한의사를 꿈꾼
적도 없지만 아픈 사람을 돕겠다는 소명도 없었다.
어지러운 내 마음 하나 잡는 게 목표였다. 내 몸의

건강과 마음의 평화를 지키는 것이 내가 한의사로
살아가는 이유다. 이렇게 중심을 잡은 데에는
한방정신과를 가르쳐 준 스승의 도움이 절대적이었다.

판사, 검사의 '사'에는 '일 사事'를 쓰고, 박사에는
'선비 사士'를 쓰는 것과 달리 의사는 '스승 사師'를
쓴다. 모범을 보이라는 뜻이라고 내 스승은 알려
주었다. 내가 술, 담배에 빠져 있으면서 "술, 담배
줄이세요"라고 할 수 없고, 내가 스트레스에
휘둘리면서 다른 사람에게 "스트레스 많이 받지
마세요"라고 말할 수 없는 일이다. 말은 할 수
있을지라도 도무지 힘이 실리지 않는다. 내 업에
충실하기 위해서는 스스로 모범을 보이는 것이
최우선이다. 그렇지 않으면 환자도 치료하기 어렵다고
믿는다. 내 마음의 평화와 건강을 지키는 데 이만한
직업이 없겠구나 싶어서 기쁜 마음으로 한의사가
되었다.

인생의 희로애락을 겪으면서 나 역시 여전히
시행착오를 겪는다. 다만 방송인은 시청률에 민감하고,
정치인은 지지율에 민감하고, 사업가는 매출에

민감한 것과 다르게 나는 내 몸의 건강과 마음의 평화에 민감하다. 이걸 놓치고서는 환자를 즐겁게 진료하기 어렵다. 한의사로서 인기와 매출이 오른다고 해도 건강과 평화를 잃고서는 의미가 없다. 나를 위해 한 것이 결국은 나를 믿고 찾아오는 환자도 돕는 길이다. 덕분에 공부도, 진료도 즐겁게 한다.

책을 계기로 한의학에 발을 들였고, 스승의 책을 읽고 인생의 방향을 잡았다면 그동안 내가 읽고 필사한 책들은 삶의 고비마다 감정의 소용돌이에서 나를 건져 올렸다. 내가 읽은 글귀들이 나를 살렸다. 몸이 아픈 사람에게 침을 놓고 약을 지어 주듯 마음이 아픈 사람들에게 책을 권했다. 내게도 평화를 준 책들이다. 다른이에게도 도움이 되길 바라는 마음으로 이 책을 쓴다.

우연이 겹친 덕분에 경주의 황오동에서 10년째 살고 있다. 이곳에서 정 많은 이웃을 만난 것도 큰 행운이다. 이제 그분들과 함께 누린 희로애락을 이야기하고 싶다. 내가 보통 사람이듯 내가 만난 분들도 보통 사람들이다. 평범한 이야기들인데 글을

쓰면서 즐거웠다. 그분들을 통해 인생을 배우고,
방향을 다잡을 수 있었다.

평범하기에 누구나 쉽게 경험하는 이야기가 아닐까
싶다. 읽으시는 분들도 즐겁기를 기대한다.

환자의 개인 정보 보호를 위해 이름, 성별, 나이,
직업 등을 본의가 왜곡되지 않는 범위에서
변경하였다. 때로는 독자가 기억하기 쉽게 키가
큰 박장신 님처럼 특징으로 짓기도 하고, 장수필
님처럼 내 바람을 담아 짓기도 했다. 이렇게라도
감사의 마음을 전하고 싶다.

생로병사의
한가운데
기쁨을 놓아

여기는 동네 사랑방

내가 사는 한옥은 지은 지 40년이 넘었다. 서울과 마찬가지로 경주도 인구의 상당수는 아파트에 살고 도시의 변화 속도는 빠르다. 지난 몇 년 사이에도 아파트 단지가 여러 개 들어섰다. 그와 다르게 내가 사는 동네는 40년 넘도록 크게 변하지 않았다. 오래된 동네에는 이곳에서 자녀들을 키우고 아파트 단지로 자녀들을 독립시킨 어르신들이 살고 계신다. 집들의 나이가 비슷하듯 그분들의 나이도 비슷하다. 서로 오래된 이웃이다.

간호조무사인 최정현 선생님과 김수정 선생님은 대개 9시 전에 출근하고 나는 9시 10분에 도착한다. 아침부터 한의원은 이미 왁자하다. 대기실 의자에 쪼르륵 앉아 계시는 분들께 인사하며 들어간다.

늘 일정하게 9시 20분 전에 진료를 시작한다. 모두
예약하고 다니시니 일찍 온다고 일찍 치료받는 것이
아닌데 늘 나보다 일찍 오시는 분들이 있다. 그분들이
서로 반갑게 인사하며 이야기하는 것을 들으면 왜
일찍 오시는지 알 수 있다.

원장실에서 컴퓨터를 켜고 환복을 하면서도 나는
대기실을 향해 귀를 쫑긋하고 있다. 상추가 얼마나
자랐는지, 지붕 수리는 어떻게 했는지, 아랫시장 경주역
앞에 있는 성동시장을 윗시장, 이곳보다 지대가 낮은 중앙시장을
아랫시장이라고 부른다 5일장은 어땠는지 동네의 이야기들이
들린다.

최 선생님도 이야기 중간중간 추임새를 넣고
김 선생님은 연신 고개를 끄덕인다. 종종 "와~" 하며
웃음꽃이 터진다. 내가 하는 역할은 이제 그분들을
방으로 모시고 들어가 침을 놓는 일이다. 침을 놓는
중에도 대기실에서 나누던 이야기는 끊어지지
않는다. 콩은 누가 얼마에 샀는지, 누구네 집에 말린
고사리가 있는지, 고구마는 언제 캐는지 계절별로
들리는 이야기가 다르다. 옆 사람 따라 덩달아 주문을
주고받기도 한다. 광명동 분들에게는 감을, 동방동

분들에게는 고구마를, 암곡 분들에게는 고사리를,
그리고 감포 분들에게는 미역을 환자분들이 서로
주문한다. 20년차가 넘은 주부 9단 최 선생님과 김
선생님도 덩달아 주문한다. 때에 따라 옥수수 몇 포대,
고구마 몇 상자가 한의원에 쌓였다가 뿔뿔이 주인을
찾아 가기도 한다. 따로 주문하지 않아도 나는 덤으로
많이 얻는다. 때로는 선물 받은 것이 너무 많아 여러
봉지에 담아 나눠 드릴 때도 있다. 쌈채소 수경재배를
하는 한정진 님은 특히 손이 크셔서 쌈채소를 몇
상자씩 그냥 가져다 주시기도 한다. 그렇게 받은 것을
나눠 드리면 선물 릴레이가 시작된다.

　떡을 몇 봉지 사다 주시는 분도 있고, 굴다리 건너
찐빵집에서 찐빵과 도넛을 사다 주시는 분도 있다.
그렇게 받은 선물은 또 한의원에서 나눠 먹는다.
인사하랴, 발침하랴, 수납하랴, 예약 받으랴, 안 그래도
바쁜 최 선생님과 김 선생님의 손이 더 바빠진다.
집에 있던 내 아내까지 덩달아 일을 도와주러
한의원에 나오기도 한다. 옥수수를 포대째 선물 받은
날에는 아내가 찜통으로 옥수수를 여러 번 쪄서
한의원으로 가져다주었다. 옥수수 포대만큼 옥수수

속이 쌓이고 옥수수로 시작된 선물 릴레이가 또
이어졌다.

동네 분들만이 아니라 멀리서 오시는 분들도 많다.
본래 친구, 이웃인 분들도 있지만 이렇게 음식을
나눠 먹다가 아는 사이가 되는 경우도 많다. 나이나
동네로 보아 연결고리가 보이지 않는데 정겹게
이야기하는 분들께 원래 알던 사이냐고 물으면 여기
와서 알게 되었다는 대답을 자주 듣는다. 침 맞기
전에 대기실에서 음식을 나눠 먹으며 시작된 이야기가
치료실에서도 이어진다. 침 맞는 건 잠깐 따갑다.
침이 메인이 되는 시간은 그 잠깐뿐이다. 이곳이
한의원임을 드러내는 시간도 잠깐이다. 몸이 아픈
것도, 침이 따가운 것도 잊고 신나게 웃음꽃을
피우다가 "와, 동네 사랑방이네"라는 말이 들릴
때 나는 무척 기분이 좋다. 그 말을 한 분도, 함께
이야기를 나누던 분도 다들 유쾌하다.

오래된 동네인 이곳에서 가장 큰 건물은 편의점과
PC방이 있는 3층 건물이다. 대부분이 1층 집이고
높아 봐야 2층 집이다. 이제는 낡아 빗물이 새는지
지붕을 덧댄 집도 많이 보인다. 오래된 집만큼 오래된

관계들도 많다. 짧은 시간에 그 오래된 관계 속에
녹아 들어간 건 축복이다. 동네 길을 걸어 출근하다
보면 '아 내가 이 오래된 동네, 이곳의 이웃들을
사랑하는구나' 싶어 뭉클해질 때가 있다. 나만의
기분은 아닌 모양이다. 오늘도 나보다 일찍 오셔서
웃고 계시는 분들의 표정을 보면.

아는 의사 있으세요?

"평소에 머리 꼭대기가 아프고 자다가 다리에 쥐가 잘
나지 않으셨어요?"

환자의 눈이 둥글게 커지더니, 짝! 손뼉을 친다.

"어머, 어머, 맞아요. 어떻게 아신 거예요?"

이런 식으로 환자의 증상을 맞추고 병을 치료하면
'용하다'는 말을 듣는다. 환자가 아직 아무 말도 하지
않았는데 진료실에 들어가니 한의사가 대뜸 "머리가
아파서 오셨군요", "배가 아파서 오셨군요"라고
한다고 해서 놀랄 일은 아니다. 머리가 아픈 사람은
손을 머리에, 배가 아픈 사람은 손을 배에 대고
있었던 것이다. 한의사들은 작은 실마리도 놓치지
않게 훈련한다. 안색이나 입술 색을 보고도 대강의
병을 짐작한다. 화장 때문에 본래의 피부색을

보기 어려우면 눈이나 혀를 보고 짐작하기도 한다.
손가락의 길이, 피부의 두께, 체형도 힌트가 된다.

구두를 수선하는 사람은 걸을 때 어깨의 경사만
보고도 신발의 어디가 닳았을지 안다고 한다.
한의사도 마찬가지다. 작은 행동과 몸에 밴 습관,
얼굴과 표정이 판단의 실마리가 된다. 더욱이 가까이
살고, 자주 만나는 사람이라면 어떠할까. 가족력을
알고, 평소 생활 습관과 패턴을 알고 있다면 그만큼
환자에 대한 정보가 많다는 이야기이기도 하다.

진료할 때 한 환자에게 많은 시간을 할애하기는
어렵다. 오죽하면 〈진료시간 3분, 30분처럼 쓰기〉라는
제목의 책이 다 있을까. 미국의 의사들이 쓴 책인데
짧은 시간에 진료해야 하는 것이 우리나라만의 일이
아닌 모양이다. 병원에 갔다가 30분 기다려서 2분
진찰받았다는 하소연을 들을 때가 있다. 나는 30분
동안 2분씩 15명의 환자를 보았을 의사를 자연히
떠올린다. 진료 시간이 짧은 것은 의사의 불성실함
때문이 아니다. 의사가 그만큼 바쁘다는 뜻이다.
그는 쉴 틈 없이 얘기하고 있어야 할 것이다. 진료가
능숙하면 책의 제목처럼 3분을 보다 효율적으로 쓸

수는 있겠지만 3분은 30분이 아니다. 때로는 30분
동안 이야기를 들어야 하는 문제도 있다. 나는 자식
잃은 부모의 병을 3분 만에 진단할 수 없다. 그러나
매번 30분씩 시간을 할애할 수도 없다. 한 번에
30분의 시간을 할애하지 못한다면 여러 번에 걸쳐서
그 이야기를 들어야 한다. 같은 환자를 오랜 기간에
걸쳐 진료하다 보면 얻는 장점이다. 내가 환자를
이해하는 데도 좋고, 환자가 내게 이해받는 데도 좋다.

　몇 년째 같은 분들을 진료하는 데다가 같은
동네에 살고 있으니 보고 들은 이야기가 많다.
허리가 아파서 오시는 정원자 님은 텃밭을 가꾸신다.
쪼그리고 앉아서 일하시면 허리가 더 아프다고
말씀드리니 이제 밭에 안 나갈 거라고 하셨다. 그러나
여전히 정원자 님의 텃밭에는 채소가 윤기 있게
잘 자라고 있다. 새벽에 운동하다가 밭에서 일하는
정원자 님과 마주치기도 한다. "밭에서 일하시면
안 된다니까요"라고 타박하는 것이 아니라 "올해도
농사 잘됐네요. 일하시다가도 중간에 허리 자주
펴셔야 해요"라고 인사를 건넨다. 농사가 낙인 것을
어쩌겠는가.

운동 마니아인 강한진 님은 이번엔 암벽 등반에
꽂히셨다. 상완 이두근이 아프다며, 팔을 들어올릴
때마다 통증이 있다고 오셨다. 본래 건강 관리를
잘하는 분이라 수월하게 나았다. 이제 그만 오셔도
된다고 하고 보내드렸는데 월요일 아침에 다시 오셨다.
주말에 암벽을 타다가 다치신 모양이었다. 아니나
다를까 낙상이 있었다고 했다. 그렇다고 강한진 님의
운동을 막을 수는 없다. 그게 재미인데 어쩌겠는가.
암벽을 타고 싶어서 치료하는 것인데 암벽을 못 타게
할 수는 없다.

박장신 님은 허리가 아프다고 자주 오셨다. 박장신
님은 한정식집을 한다. 나도 종종 식사하러 가기에
그곳의 구조를 잘 안다. 교자상에 음식을 차리려면
일하는 사람이 허리를 많이 숙여야 한다. 키가 큰
박장신 님은 더 불편하다. 식탁으로 바꾸시라고
권했더니 몇 년 고생하시다가 식탁으로 바꾸셨다.
이제는 팔꿈치가 아프다고 오시지 허리가 아프다는
말씀은 안 하신다.

연로한 부모가 밭일하다 아프다고 하면 자녀들은
"이제 그만 좀 일하세요. 밭은 팔아 버려요"라고

이야기하기 쉽다. 아이들이 놀다 넘어졌다고 이제
나가서 놀지 말라고 다그치는 것과 같다. 우는 아이를
달래는 것처럼 아프다는 마음을 알아주는 것이
필요하다. 그리고 상황을 고려하여 손이 덜 가는
작물을 키우거나 밭을 줄이게끔 해야 한다. 격한
운동을 하고 있는 사람은 운동 강도를 낮추게끔
해야지 운동을 못 하게 할 수는 없다. 구조상으로
또는 경제 문제로 식탁으로 바꾸기 어려운
음식점이라면 식탁으로 바꾸라는 진료실에서의
조언이 공허해진다. 실천할 수 있는 조언이어야 나도
말을 낭비하지 않고, 듣는 이도 씁쓸하지 않다.

　3분 만에 많은 것을 알 수는 없다. 그러나 3분이
오래 쌓이고 '아는 사람'이 되면 관심과 애정도 싹튼다.
'아는 사람'을 진료할 때는 아무래도 한 번이라도
더 살피게 된다. '아는 사람'이 되고 싶은 것은 환자
입장에서도 마찬가지일 것이다. 큰 병은 큰 병원에
가는 것이 맞다. 그렇게 큰 병이 생겼을 때 나보다
먼저 눈치채고 큰 병원에 가 보라며 미리 알려 줄 수
있는 의사가 곁에 있다면 한결 마음이 놓일 것이다.

　우리 가족에게도 단골 의료기관이 있다. 3개월마다

가는 어린이 치과다. 꼭 충치 치료를 하거나 발치를
하러 가는 것이 아니다. 아무 이상 없다는 얘기를
듣고 올 때가 가장 좋다. 앞니가 비뚤게 나는 것처럼
보일 때 원래 앞니는 그렇게 난다는 설명을 들으면
안심이 된다. 충치가 있긴 하지만 곧 빠질 치아이니
치료하지 않고 두어도 된다고 하니 고맙다. 꼭 병이
생겼구나 싶어서 병원에 가는 것이 아니라 3개월에
한 번 점검하고 오는 동네 의원이나 한의원이 있으면
좋을 것이다. 우리나라는 의료보험 제도가 잘되어
있어 초진이라 하더라도 만 원 내외이다. 제도는 이미
마련되어 있다.

아는 의사와 서로 "그동안 잘 지내셨지요?"라는
인사를 나누고 "요즘에는 음주가 과하셨네요. 횟수와
양을 좀 줄여 보세요" 또는 "뒷목의 근육이 조금
경직되어 있네요. 지난번에 알려 드린 스트레칭
하시나요?" 등의 설명을 듣는 것이 큰 병을 방지하는
길이다. 물론 "건강하십니다. 그럼 3개월 후에
뵙겠습니다"라는 말을 들을 때가 가장 기쁠 것이고.

경주로 오다

딱히 경주에 연고가 있던 것은 아니다. 2012년
5월인가, 대학 시절 동아리 선배가 경주에서
게스트하우스를 시작했다며 연락이 왔다. 선배의
게스트하우스는 오래된 동네, 차도 들어가지 못하는
구황동 골목길 안에 있는 옛집이었다. 분황사, 황룡사,
첨성대를 걸어갈 수 있는 동네지만 언덕이 없는
경주에서는 달동네 같은 곳이었다. 50평의 집을 5천만
원에 사서 게스트하우스로 손수 고쳤다는 말에
솔깃했다. '그 금액이라면 큰 빚을 지지 않고 생활을
시작할 수 있겠구나. 전부 빚으로 매입하더라도
게스트하우스를 하면 은행 이자를 감당할 수
있겠다'는 생각이 들었다. 당시에 나는 강원도
원주에서 근무하고 있었는데, 언젠가 경주에서 자리

잡으면 어떨까 하는 생각에 약혼자와 몇 차례 경주를
다녀왔다.

그해 10월 나는 갑자기 일자리를 잃었다. 경주의
선배에게 개원할 빈 점포를 알아봐 달라고 부탁했다.
대기업으로 이직한 지 얼마 되지 않았던 약혼자는
좋은 직장이 아까울 법도 한데 첨성대 앞 잔디밭에서
뛰어노는 아이들을 보며 "애들 키우기는 좋겠네"라고
말했다.

이듬해 1월에 선배의 연락을 받고 경주에
내려갔으나 그 사이 건물주의 마음이 바뀌었는지
만나 주지 않았다. 나는 2월에 결혼식을 올릴
예정이었다. 계약하겠다고 해서 약혼자와 함께 내려간
것인데 벨을 눌러도 나오지 않는 건물주가 야속했다.
답답한 마음에 선배의 게스트하우스에서 낡은
자전거를 빌려 타고 동네를 돌아다녔다. 구황동에서
조금 떨어진 황오동 작은 점포에 '임대'라고 붙어
있었다. 9평 남짓의 점포였는데 옆의 자전거 가게
사장님께 물으니 이전에는 세탁소, 지붕수리 가게,
분식집이었는데 비어 있는 지 몇 년 되었다고 했다.
점포 안집에서 살고 있는 주인은 이렇게 작은 곳도

괜찮겠냐고 염려해 주었다. 의대 다닌다는 아들
생각이 났던 것일까? 주인이 나서서 월세를 20%나
내려 주었다. 점포는 작았지만 주인의 마음 씀에
마음이 놓였다.

　점포와 집을 정한 후 상경해 무사히 결혼식을
올렸다. 결혼식 때 신랑 신부를 소개할 그럴 듯한
명함이 있으면 좋으련만 아내는 퇴사했고, 내게는
빚이 있었다. 그래도 결혼식은 무척 즐거웠다. 신랑
입장 때 너무 긴장해서 아무 소리도 안 들린다고들
하는데 나는 입장하면서도 하객에게 눈 마주치며
인사할 여유가 있었다. "너무 웃지 마"라는 막내
고모의 목소리가 들렸지만 웃지 않을 수 없었다.
예식장에 온 분들 모두 우리를 축복하러 오셨기
때문이다. 제주도로 신혼여행을 다녀오자마자 아내와
나는 경주로 이사했다. 짐은 단출했고 마음은 흥분과
기대로 가벼웠다.

9평의 행복

개원하려면 점포의 크기가 최소 얼마여야 할까를
계산해 본 적이 있다. 보통 한의원의 면적은 30평
이상이다. 개원 전에 근무했던 한의원은 각각 80평,
60평이었다. 면적이 넓으면 여러 가지를 할 수
있겠지만 내가 원하는 곳에 원하는 크기로 개원할
수 있는 사람은 드물다. 적어도 책상과 진찰용 베드
하나가 들어가는 진찰실, 좌식 의자 네 개가 들어갈
수 있는 진료실, 접수대가 있는 대기실이 필요하다.
화장실을 빼고 내게 필요한 최소 면적은 9평이었다.
공교롭게도 경주에서 찾은 곳이 9평이었다. 보통의
한의원 크기를 생각하면 터무니없이 작지만 앞서
계산을 해 보았기에 가능하다고 여겼다. 바로 옆
미용실과 자전거 가게도 비슷한 크기였고, 세 점포가

공동으로 쓰는 화장실과 연탄 창고가 있었다.

　인테리어 디자이너로 일했던 아내의 도움으로
도면을 그리고 게스트하우스를 하는 종혁이 형과
종현이 형의 도움으로 인테리어 시공을 했다.
두 선배는 본래 건축을 하던 사람들이다. 운 좋게도
내게는 필요한 사람들이 항상 곁에 있었다. 경주에는
눈도 내리지 않았다. 겨울에 하는 공사였지만
서울에서 경주로 내려오니 참 따뜻했다. 기준을
어디에 두느냐에 따라 달라진다. 내가 제주에서
살다가 올라왔으면 경주가 춥다고 느꼈겠지만,
서울에서 살다 내려오니 경주는 따뜻했다. 30평을
기준으로 삼으면 9평은 좁다고 느꼈겠지만, 계약할
점포가 없던 것을 기준으로 삼으니 9평도 감사했다.

　인건비를 아끼기 위해 나도 현장에서 일을
거들었는데 불쑥불쑥 낯선 사람들이 들이닥쳤다.
너무나도 아무렇지 않게 들어와 구경하는 탓에
나조차도 이분이 관계자인가 싶을 정도였다.

　황오동은 시내와 가깝지만 철도 밑 굴다리 때문에
버스도 다니지 못하고 통행이 불편하다. 40년 넘게
변화가 거의 없는 이 동네에 한의원은 처음 생긴

의료시설이었다. 새로 생기는 가게도 거의 없었으니
작은 공사지만 많은 사람이 관심을 보였다.

　개원 전에 파악한 인구분포를 보아도 황오동은
하루에 30명을 넘게 진료하기 어려운 곳이었다.
하루에 5명만, 하는 마음으로 진료를 시작했는데
이게 웬일인가! 진료 첫날부터 주체할 수 없을
정도로 환자가 오기 시작했다. 나중에야 알았지만
그게 바로 '개업빨'이었다. 좁은 동네가 으레 그렇듯
경주도 '개업빨'이 강하다. 구경거리가 별로 없다 보니
새로 가게가 생기는 것도 구경거리가 된다고 선배가
설명해 주었다. 서울 혜화동의 대학로 근처에서
30년을 살았던 나는 대학로에 수많은 가게가 나가고
들어오는 것을 보았지만 기웃거린 적이 없다. 늘 있는
일이었고 그것 말고도 볼거리가 많았다. 무엇보다
다른 일을 보러 지나치기 바빴다. 경주 사람들이
보이는 사소한 관심이 신기하고 따뜻하게 느껴졌다.
이제는 나도 공사 중인 가게가 있으면 눈여겨보다가
개업하자마자 가 본다. 새로 생긴 가게를 돌아다니는
것이 소소한 이벤트다. 그러다가 마음에 들면
주구장창 가고, 마음에 안 들면 돌아보지 않기 쉽다.

그래서 몇 주 안에 가게의 운명이 결정되곤 한다.
그러니까 개업 초에 사람들이 몰려들 때가 바로
시험대에 오른 순간인 것이다.

　다행히 사랑방한의원은 그 시험대를 무사히
통과했다. 감당이 안 될 정도로 환자들이 왔기에
결단이 필요했다. 2주차부터는 부득이 예약제를
도입했다. 환자를 그냥 돌려보내면 불만이 쌓일
수밖에 없고, 그대로 다시는 인연이 닿지 않을 수도
있지만 필요한 선택이었다. 단골이 되기로 결심한
어르신이 늘어났다. 바쁜 와중에도 율무차를 타
드리고, 이름을 외우려 특징을 적어 두었다. 서로
연결되지 않은 분들이 없었다. 누군가의 친구, 이웃,
가족이었다. 혼자 오는 분은 드물었다. 함께 오거나
같은 시간에 와서 만나는 곳이 되었다. 사람들의
대화로 좁은 한의원은 늘 시끌벅적했다. 동네의
사랑방이 되어 가기 시작했다. 사랑방이라는 이름을
지은 것은 나였지만 그곳을 사랑방으로 만든 것은
그분들이다.

장갱이가 아프다

"원장쌤, 고디 갖다 주면 먹을 수 있겠능교?"

"네?"

"고디, 고디."

"고디가 뭐예요?"

경산에서 2년, 대구에서 4년. 경상도에서 6년을 살았지만 내가 알아듣지 못하는 경주말이 있었다. 고디는 다슬기다. 경주에서는 다슬기를 넣고 맑게 끓인 국을 즐겨 먹는다. 고디를 잡아 자녀들 공부 시키고 시집 장가 보낸 고동식 님은 지금도 여름이면 고디를 잡으러 전국으로 다니신다. 살아 있는 고디를 식당에 팔 때는 페트병에 물과 함께 담아서 갖다 준다. 고디라는 말도 모르니 손질할 줄도 모를 것 같았다며 고동식 님은 고디를 모두 손질해 고디

속만 갖다 주셨다. 조리법까지 일러 주시기에 탕을
끓여 먹었다. 다음번에는 페트병에 살아 있는 고디를
갖다 주셨다. 고동식 님이 알려 주신 대로 옷핀으로
고디 속을 발라냈다. 작은 고디를 한 손에 쥐고
옷핀으로 껍질의 나선을 따라 돌리다 보면 눈도
뱅뱅 돈다. 잔뜩 발라냈는데도 고작 한 움큼이었다.
지난번에 받은 손질한 고디가 많은 양이었음을 새삼
알았다. 손질하지 않은 고디가 한 되에 4만 원이란
것을 나중에 알았는데 그러면 내가 받은 게 도대체
얼마치란 말인가.

　　나는 정구지를 갖다 주시겠다는 김분춘 님의
말도 알아듣지 못했다. 김분춘 님은 차로 가도 30분
넘게 가야 하는 모아리의 부추밭에서 일하신다.
모아리에는 대중교통도 자주 있지 않은 데다가
한의원이 있는 동네는 버스정류장도 없다. 연로한
김분춘 님이 한의원에 오는 길은 쉽지 않다. 신문지에
싼 부추를 받고서야 정구지가 부추임을 알았다. 그냥
오셔도 쉽지 않은데 김분춘 님은 여러 번 정구지를
갖다 주셨다.

　　경주말을 못 알아들었던 일을 떠올리니 생각나는

분이 또 있다. 흰색에 분홍색 무늬가 약간 들어간
둥근 모자를 쓰고 다니시던 이봉선 님은 말씀이
어눌하고 행동이 느렸다. 그래서 귀여우시기도
했다. "장갱이가 아프다"고 거듭 말씀하셨지만 나는
알아듣지 못했다. 경주 사람인 최 선생님이 '장갱이'는
무릎 아래 정강이라고 알려 주셨다. 이봉선 님은 귀도
약간 어두우시고 기억력은 그보다 더 희미하셔서
예약과 다른 시간에 오시기 일쑤였다. 30분 간격으로
4명씩 예약을 받고 있는데 이봉선 님께는 시간을
일러 드리면서도 "오시고 싶을 때 오세요"라고
덧붙였다.

　어느 날엔가 이봉선 님이 흙 묻은 검은 비닐 봉투를
들고 오셨다. 작은 한의원 곳곳에 꽃화분을 키우는
것을 보시고 집 화단에서 한 뼘도 자라지 않은 동백
묘목 두 그루를 가져다주신 것이다. 집에서 키우던
동백 씨를 받아 싹틔운 것이라고 하셨다. 몸이 많이
안 좋으셨던 이봉선 님은 나중에 대구에 살고 있는
아들 집으로 거처를 옮기셨고 돌아가신 지 몇 달
뒤에 소식을 전해 들었다. 아직도 한옥집 화단에는
동백 두 그루가 있다. 첫 겨울에는 행여나 얼어 죽지

않을까 염려했는데 다행히 잘 크고 있어 이제는
제법 굵어졌다. 동백나무가 굵어지는 동안 경주에서
두 딸이 태어났다. 큰아이에게도 흰색에 분홍색
무늬가 약간 들어간 모자가 있다. 그 모자를 보면
이봉선 님이 생각나는데 아내도 나처럼 이봉선 님을
떠올리고 있었다. 10년이 지난 지금은 동백이 아이들
보다 더 키가 커졌다.

　나는 경주말도 잘 알아듣지 못했지만 고디와
정구지와 동백을 주시는 분들의 마음도 잘 모른다.
나는 아직 그렇게 베풀어 본 적이 없다. 내가 부모가
되고서야 알게 되는 부모의 마음이 있다. 내가
그분들의 연세가 되어 자식보다 어린 젊은이들을
챙겨줄 때야 비로소 그 마음을 알게 될 것이다.
말의 뜻은 금세 알 수 있지만 마음을 온전히
이해하는 데는 시간과 경험이 필요하다. 앞으로 수십
년 후에 그분들처럼 내가 젊은이들을 어여뻐하면
좋겠다. 그때야 비로소 그분들의 사랑을 새삼 느끼며
가슴이 뜨거워질지 모른다. 내가 그렇게 사랑받으며
살았구나 하고.

책을 처방합니다 ①

개원 6년차가 될 때까지 나는 다이어트 치료를
하지 않고 있었다. 먹는 습관 때문에 생긴 문제이니
식단을 바꾸지 않고서는 해결할 수 없기 때문이다.
일시적으로 복약하며 식욕과 공복감을 조절한다고
해도 계속 식단을 조절하지 않으면 다시 이전으로
돌아간다. 요요가 온다는 얘기는 습관을 바꾸지
않았다는 뜻이다. 식습관을 바꾸지 않고 다이어트
약을 복용하는 것은 결국 다이어트가 끝난 후에는
더 안 좋은 상황을 불러온다. 하지만 계속 눈에
밟히는 분들이 있었다.

통풍으로 오셨던 50대의 남성 전성기 님은 이후에
두통, 어깨 뭉침, 다리 저림 등을 차례로 치료하고
있었다. 100kg이 넘는 체격만큼이나 성품도 넉넉해서

항상 웃는 낯이고 붙임성도 좋으셨다. 이야기도
재미있게 하셔서 다른 환자들과도 금세 친해지셨다.
1년 가까이 보다 보니 나도 유독 마음이 갔다. 그런데
전성기 님의 몸에서 안 좋은 신호가 거듭 나타나고
있었다. 체중 감량을 외면한 채 나타난 증상만을
쫓아가는 것은 한계가 있었다. 그냥 지나칠 수 없었다.
전성기 님께 간 질환 가능성에 대해 말씀드리고 몸매
관리가 아닌 생존을 위해 체중 감량이 필요하다고
설명하며 식사와 운동 등 생활습관 교정을 권했다.

　운동을 권할 때에는 보통 몇 가지 책을 함께
추천한다. 운동을 전혀 해 본 적이 없어서 걷기부터
시작해야 하는 분에게는 〈병의 90%는 걷기만 해도
낫는다〉라는 책을 권하고, 체중 감량도 필요한
분에게는 〈아무튼, 피트니스〉를 추천한다. 중년이거나
운동량을 늘릴 필요가 있는 분들에게는 〈마녀 체력〉을
권하기도 한다. 책을 읽고 목표가 생긴다 해도 이를
지속하기 위해서는 요령이 필요하다. 운동을 안 하던
사람이 갑자기 많이 할 수는 없다. 우선은 본인이
운동할 시각을 정하게 하고 운동복이나 운동화를
신는 것만 약속한다. 바로 운동 시간이나 운동량을

정하지 않는다. 첫날은 운동화 끈만 묶고, 둘째 날은
문만 열었다 닫으라고 한다. 어처구니 없을 정도로
쉬운 것부터 시작하는 것이 요령이다. 그리고 그것을
확인해야 한다. 〈아주 작은 반복의 힘〉이란 책에서
배운 방법이다. 그렇게 10분 걷기를 하다가 한
시간을 걷게 되고, 한 시간을 걷게 되면 뛰어 보라고
한다. 뛰다가 숨차면 호흡이 진정될 때까지 걷고,
그러다가 다시 잠깐 뛰라고 한다. 30분을 지속해서
뛸 수 있으면 사람에 따라서 근력 운동을 병행한다.
한의원에 치료하러 왔다가 이 방법을 실천해서
마라톤에 나가는 분도 있었다.

　가장 중요한 것은 작심삼일에 그치지 않고
지속하게 하는 것이다. 과식하는 것도 습관이고
운동하지 않는 것도 몸에 밴 습관이었듯이 적게 먹는
것도 습관이 되어야 하고 운동하는 것도 습관이
되어야 한다. 습관이 곧 그 사람이다. 무심코 하는
말, 무심코 하는 행동이 나다. 습관을 바꾼다는 것은
사람이 바뀐다는 뜻이다. 그래서 습관을 바꾸는 것은
어렵다. 세 살 버릇 여든 간다고 하지 않는가. 그러나
불가능한 것은 아니다. '이러다 큰일 나겠다'는 자각이

들 때는 할 만하다. 그 시기가 너무 늦지 않도록
알려드리는 것이 내 역할이다. 마음을 먹더라도 새
습관이 자리 잡는 데는 오래 걸린다. 이때 마라톤의
페이스메이커처럼 함께 뛰는 사람이 있으면 훨씬
낫다.

　그런데 문제가 있었다. 전성기 님은 사고로 무릎
장애가 있어 운동이 쉽지 않은 상황이었다. 과체중에
불편한 다리로 운동을 하다가는 다른 문제가 생길
수도 있었다. 그래서 식단 관리를 통한 체중 감량을
하기로 했다. 〈아무튼, 피트니스〉는 운동이라고는 전혀
해 보지 않은 중년의 과체중 여성이 PT를 받으며
운동을 시작하는 내용이다. 처음 운동을 시작할
때의 자신을 러닝머신 위에 있는 거대한 달팽이라고
표현한 것이 인상적이었다. 그 외에도 흥미로운
대목이 있었는데, 야식과 음주를 즐기는 저자를 위해
PT강사가 카톡으로 먹는 음식 사진을 모두 찍어
보내게 했다는 것이었다. '오, 이 방법이라면 식단을
바꿀 수 있겠는데' 싶어서 밑줄을 긋고 기억해 둔
부분이었다. 술 모임과 야식을 좋아하는 전성기 님께
책을 보여 드리고 이 방법을 써 보기로 했다.

전성기 님은 물 이외의 모든 음료와 음식 사진을
실시간으로 보냈다. 안 그래도 사진 찍기를 쑥스러워
하는 중년의 남자가 SNS 인증샷 찍듯이 음식 먹을
때마다 사진을 찍는 것은 쉽지 않은 일이다. 그러나
건강을 염려하는 진심이 통해서인지 전성기 님은
빠뜨리지 않고 사진을 보내왔다. 그 실천에 고무되어
올해는 8kg만 감량해 보자고 했다. 전성기 님은 무척
잘 따라 주었다. 음식 좋아하고, 술 좋아하시는 분이
절제하기 시작했다. 착실한 식단 관리 덕분에 목표한
효과가 나기 시작했다.

3개월이 힘들긴 하지만 그 고비를 넘기면 3년을
성공할 확률이 높아진다. 곰은 3개월 동안 마늘을
꾸역꾸역 먹었지만, 서당개는 풍월을 읊으려고
전심전력하지 않았다. 그냥 서당에 있었다. 마찬가지로
3개월 동안 노력한 만큼 3년 동안 노력이 필요하지는
않다.

전성기 님 이후에 식단 관리를 병행하여 체중을
감량하는 분들이 더 생겼다. 외모 때문이 아니라 건강
문제 때문에 시작한 분들이었고 상황에 따라서는
복약 처방도 했다. 당연하게도 복약하는 분들은

체중 감량 속도가 전성기 님과 차이가 있었다. 몇
개월 뒤 체중 감량에 정체기가 오자 전성기 님의
의지도 줄어들까 염려되었다. 이미 식단 관리를 하는
상황에서 굳이 한약 치료를 외면할 필요는 없겠다
싶어서 이후에는 복약하며 속도를 냈다. 6개월이 되지
않아 목표를 초과 달성했고, 새로운 목표를 세웠다.
이후부터는 그동안의 습관을 유지하기로 하고 2주에
한 번, 한 달에 한 번씩만 점검했다. 30kg을 감량한
전성기 님은 3년이 지난 지금도 줄어든 체중을 잘
유지하고 있다. 무엇보다 기쁜 것은 이제 많이 먹으면
속이 불편해 과식을 멀리하고 건강해졌다는 것이다.
전성기 님의 인바디를 확인한 지도 오래되었다.
계절에 한 번 점검할 뿐이다. 이제 전성기 님은
페이스메이커가 필요한 러너가 아니다. 다른 사람들의
롤모델이다.

사랑 장부

아이가 태어나고 자라는 동안 아이에게 용돈을
주신 분들이 많았다. 아이는 누가 주었는지 기억하지
못하고, 자신이 받은 것이 무엇인지도 모른다. 받은
돈을 그분들의 성함으로 아이의 통장에 입금했다.
큰 금액도 있고 작은 금액도 있다. 나는 이제 나이가
들어 그분들이 주시는 것이 사랑하는 마음임을 안다.
대가를 기대하고 주시는 것도 아니다. 그저 예뻐서
주시는 것이다. 아기라는 존재만으로 예뻐하시는
것이다.

그렇게 모인 돈으로 아이가 초등학교에 갈 때 10만
원짜리 의자를 사 주며 열 분의 이름을 알려 주었다.
아이에게 의자는 그냥 아빠가 사 준 것이 아니라 많은
분이 함께 선물해 준 것이다. 아이가 용돈을 받을

때 그분들의 사랑에 더 기뻐하며 감사하고, 자신의
물건을 쓸 때도 더 행복하기를 기대한다.

내게도 아이의 통장과 같은 '사랑 장부'가 있다.
한의원에 오시는 분들이 주신 선물을 적은 장부다.
처음부터 적었으면 두툼한 노트가 만들어지지
않았을까 싶다. 굉장히 많이 받았는데 시간과 함께
희미해지는 것이 아쉬워 뒤늦게 적기 시작했다.
사랑은 다양한 모습으로 건네진다. 문선영 님의 구운
계란으로도 나타나고, 이분선 님의 무와 고사리로도
나타나며, 신용순 님의 김장김치로 나타나기도 한다.
너무 많아 여기에 다 적을 수 없다. 실로 '장부'가
필요할 정도다.

감 농사를 짓는 백창규 님은 가을이면 한의원
식구들이 나눠 먹고도 남을 만큼 감을 가져다주신다.
백창규 님의 사위는 시내에서 영화관을 운영하고
있는데, 사위에게 받은 영화 관람권도 여러 장 갖다
주셨다. 4년 만에 한의원을 확장 이전할 때는 뜻밖의
화분 선물도 주셨다. 그렇게 주시고도 백창규 님은
한의원 식구들에게 점심을 사 주고 싶다고
말씀하신다.

매년 김장철이면 여러 집에서 김치를 나눠 주신다.
덕분에 아내는 아직 김장을 담가 본 적이 없다.
부모님들께 김치를 받아 본 적도 없다. 결혼 전까지
집에서 어머니와 함께 김장을 담갔기에 김장에
얼마나 손이 많이 가는지 알고 있다. 어머니는 김치
선물은 정말 특별한 거라고, 자신도 힘들게 김장을
담그기에 남에게 선뜻 주기 어렵다고 하셨다. 얼마나
애정을 느끼기에 이렇듯 많은 김치를 주시는 걸까?
부모가 되어서야 부모 마음을 헤아리듯이, 내가
그분들의 나이가 되어 그런 선물을 남에게 줄 때에야
다시금 그분들의 마음을 느끼며 더 깊이 감사하고
새삼 행복을 느끼지 않을까 싶다.

김 선생님의 시댁에서는 김장을 무척 많이
담그신다. 김장을 마치고 마당을 가득 채운 김치통
사진을 보면 다들 깜짝 놀란다. 김 선생님의
시어머니인 김명자 님은 손자인 민수에게 덕담해
줘서 고맙다는 말씀과 함께 큰 통에 김치를 가득
담아 보내 주셨다. 최 선생님의 친정어머니인
손화자 님은 암이 재발해 다시 치료를 받으셨다.
몸도 추스르기 어려우셨을 텐데 내 큰아이 이수가

물김치 좋아하는 걸 기억하시고는 물김치를 보내
주셨다. 예년보다 작아진 김치통이지만 더 큰 사랑을
느낀다. 얼마나 주고 싶으셨으면 아픈 와중에도
이렇게 보내 주시는 걸까? 음식 솜씨가 좋으신
유영숙 님의 김치는 특별히 기다려진다. 굴을 넣은 것,
오징어를 넣은 것, 갈치를 넣은 것 등 종류별로 담아
주시고 먹는 순서도 정해 주신다. 굴을 가장 처음에
먹고, 오래 삭혀야 맛있는 갈치를 가장 나중에 먹어야
한다. 나는 유별나게 사랑을 많이 받고 있다.

박미경 님은 딸기 농장에 갔다가 우리 생각이 나서
샀다며 딸기 두 상자를 사다 주셨다. 딸기는 꼭지까지
빨갛고 싱싱해야 맛있는데 흔히 마트에서 사는
것은 꼭지 부분 4분의 1 정도는 흰색이어서 아쉽다.
토마토처럼 딴 후에도 익으면 좋은데 딸기는 그렇지
않다. 딸기 농장에 가야 꼭지까지 잘 익은 딸기를 살
수 있는데 박미경 님 덕분에 맛있는 딸기를 받았다.

톨스토이의 단편 〈사람은 무엇으로 사는가〉가
떠오른다. 신의 명령을 어긴 천사 미카엘이 지상에
내려와 구두 수선공 시몬과 함께 살며 세 가지 진리를
찾는 이야기다. 어린 두 아기를 품에 안은 엄마의

영혼을 데려가지 못해 벌거벗은 채 지상으로 내려온
미카엘은 시몬의 도움으로 거처를 얻고, 엄마를 잃고
다른 부인의 도움으로 자라고 있는 두 아이를 만난다.
사람이 자신을 위한 걱정이 아니라 사랑으로 산다는
것을 깨닫고 미카엘은 빛을 뿜으며 다시 하늘로
올라간다. 벌거벗은 채 세상에 나온 우리는 부모나
누군가의 도움을 받아 자란다. 사랑은 늘 우리를
둘러싸고 있지만 우리는 종종 그 사실을 잊고 있다가
문득 발견하면 기뻐한다.

　나도 늘 사랑을 받고 있다. 그 사실을 잊으면
얼굴에 그늘이 지고, 그것을 깨달으면 행복해진다.
사랑받고 있다는 것이 확실하니 이제는 반대로
되짚어 본다. 용기가 필요하다고 느낄 때면 내가
놓치고 있는 사랑을 찾아낸다. 늘 사랑 속에 있으면
익숙해져서 그것이 사랑임을 모른다. 아내가 차려준
아침밥을 먹으면 힘이 난다. 나는 파종한 적도
없고, 그릇을 만들 줄도 모르며 요리하지도 않았다.
그럼에도 이렇게 밥을 먹는다. 여러 사람의 도움으로
만들어진 식사다. 사랑으로 차려진 밥상이다.

부지런히 흘러가 바다에 이르기를

이름을 지을 때 바람을 담아 짓기도 하고 특징을
잡아서 짓기도 한다. 아들로 착각했던 큰딸의 태명은
바람을 담아 '미남이'라고 지었다. 온갖 물품을
하늘색으로 준비했는데 미남이는 딸이었다. 둘째의
태명은 '작다'는 것에 착안해 '팅커벨'이라고 지었지만
4kg이 넘는 우량아로 태어났다. 세상일은 예측을
벗어나기 일쑤다.

　　두 딸과 마트에서 거북이 두 마리를 사 왔다.
거북이는 적당히 만질 수 있고 적당히 거리를 둬도
되고 적당히 키우면 된다. 물고기처럼 만지기 어려운
것도 아니고, 강아지처럼 혼자 둔다고 외로움을 타는
것도 아니고, 새처럼 관리가 까다로운 것도 아니다.
아이들이 자기 거북이를 하나씩 고르고 이름을

궁리했다. 가장 유명한 이름들을 생각했다. 별주부와
현무. 아이들은 자기 거북이를 구별할 줄 안다.
별주부는 현무보다 색깔이 짙고 크지만 좀 허당이다.
물 위에 떠 있는 먹이를 보지 못하고 손만 보고 있다.
먹이를 보더라도 세 번은 헛물을 켠 후에야 제대로
입에 넣는다. 반면에 현무는 눈치가 빠르고 먹이를 물
때 정확도가 높다. 별주부가 먹느냐 현무가 먹느냐에
따라 아이들은 일희일비한다.

아이들이 거북이 이름을 지을 때는 내가 힌트를
주었지만 자전거 이름을 지을 때는 온전히 각자가
지었다. 큰딸의 자전거는 '최강파워'이고 둘째
딸의 자전거는 '씽씽이'다. 아내는 자전거 헬멧에
동백꽃 스티커를 붙였는데 덕분에 자전거는
'용식이'가 되었다. 드라마 〈동백꽃 필 무렵〉에서
동백공효진이의 남자 친구 이름이다. 아내의 자전거
이름이 탐난다. 그런 재치를 발휘하지 못한다면
아예 진지하게 가 보자. 자전거는 은색 바퀴 때문에
은륜銀輪이라고도 부르는데 소설가 김훈은 자신의
자전거에 풍륜風輪이라는 이름을 지어 주었다고 한다.
나는 두 바퀴가 멋지게 포개지는 접이식 자전거에

월륜月輪이라는 이름을 붙였다. 보름달에서 초승달로
모양이 변하듯 자전거의 모양이 변하기 때문이다.
접히지 않는 다른 자전거는 자연히 일륜日輪이 되었다.
어릴 때부터 자전거를 탔지만 이름을 붙여 준 것은
처음이었다. 같은 자전거인데 이름을 붙이니 더 애착이
간다.

　두 딸의 이름을 지을 때는 어느 때보다 고민했다.
혹시 몰라 생각해 두었던 윤슬이라는 예명으로 다들
첫딸을 불러 줬지만 좀 더 의미를 담고 싶었다. 태어난
아이의 키, 체중, 피부색 심지어 성별조차 관여할
수 없었으니 매일 부르는 이름만큼은 애정을 듬뿍
담아 주고 싶었다. 출생신고 기간이 있으니 마감일이
정해져 있었다. 아이 이름 짓는 것이 화두가 되어
수시로 생각했다. 어찌나 꽂혀 있었던지 아이디어는
노을을 보며 러닝머신 위에서 달리다가 떠올랐다.

　나는 하려는 일이 막히면 〈대학〉의 '물유본말
사유종시 지소선후 즉근도의物有本末 事有終始 知所先后
則近道矣'를 떠올린다. 일의 순서에 따르면 자연스럽게
풀린다는 뜻이다. 자연스런 흐름을 떠올리자 〈노자〉에
나오는 '상선약수上善若水'가 생각났다. 큰아이의

이름은 상선약수에서 따서 수水라고 지었다. 작명하는
사람들의 기준으로는 맞지 않다고 할 수 있지만
옛 사람들의 호를 보면 획수보다 의미를 중시했다.
퇴계退溪는 계곡으로 물러난다는 뜻이고 백범白凡은
보통 사람이라는 뜻이다. 조선 최고의 학자임에도
벼슬을 사양하고 작은 계곡으로 물러나는 이황
선생의 겸손을 퇴계라는 호에서 본다. 고국의 낮고
천한 사람으로 살지언정 일본의 신하로 부귀를
누리지 않겠다는 김구 선생의 기개를 백범이라는
호에서 본다.

　물은 계속 아래를 향해 흘러간다. 물이 있으면
초원이 되고 물이 없으면 사막이 된다. 물은 그렇게
생명을 꽃피우면서 계속 흘러간다. 가장 높은 곳부터
가장 낮은 곳까지 물은 어디에나 반갑고 고마운
존재다. 이렇게 흘러가다가 때로 나무토막이나
돌에 길이 막히면 돌아가거나 다른 물들이 모이길
기다렸다가 넘어가곤 한다. 부지런히 제 길을 갈 뿐
뽐내거나 다투지 않는다. 그래서 물을 보고 '지극히
선한 것은 물과 같다上善若水'고 했을 것이다. 둘째도
같은 문구에서 뜻을 따와 선이라고 이름 지었다. 다만

'선'을 다른 사람의 말에 순종하는 것으로 오해할까
염려하여 한자는 '착할 선善'이 아니라 다른 글자로
하였다.

한의원 이름을 지을 때도 동네의 사랑방과 같은
곳이 되고 싶다는 바람을 담아 사랑방한의원이라고
이름 짓고 상표등록도 시도했다. '사랑방한의원'이라는
상표는 없었으나 '사랑방'으로 의료업을 등록한
곳이 있어서 반려됐다. 그곳이 상표만 등록했을 뿐
사용하지는 않고 있어서 소송을 통해 가져올 수
있다는 설명을 변리사에게 들었지만 그만두기로 했다.
다투지 않고 물이 좀 더 모이길 기다리거나 돌아서
넘어가기로 했다. 상표등록도 안 되어 있음에도 함께
일했던 분들이 같은 이름으로 개원했다. 동료들에게
인정을 받는 것 같아 참 감사했다. 내게는 그만큼
기쁜 때가 또 있다. 한의원에 오시는 분들이 "어머,
진짜 사랑방이네" 하실 때다. 그 말씀 속에서 이름을
지을 때 품었던 바람이 이제는 이곳의 특징이
되었음을 확인한다.

밀양, 대구, 울산에 지인들의 사랑방한의원이 생긴
후 지금은 전국에 우리가 모르는 사랑방한의원이

생겨났다. 세련된 이름도 아니고 혼밥, 혼술 등의
신조어가 생기는 요즘 추세에도 맞는 이름이 아니다.
그럼에도 그 이름으로 정한 분들의 마음을 짐작해
본다. 나와는 일면식도 없는 분들이지만 동료애를
느낀다.

　물은 가장 낮은 곳으로 가서 모든 것을 '받아'주기에
물은 '바다'가 된다. 내 삶이 늘 순조로웠던 것은
아니다. 내가 모든 사람에게 너그러웠던 것도 아니다.
그러나 막히면 돌아갈 길을 찾았고 혼자 힘으로
돌아가는 것도 막히면 도와줄 사람을 찾았다. 다행히
나를 받아 주는 바다 같은 사람들이 있었다. 나의
아이들도 곁에 있는 사람들 속에서 든든하기를,
그리고 자신들도 주변 사람들을 든든하게 해 주는
사람으로 자라기를 바란다.

밀양, 대구, 울산, 경주의 사랑방한의원 원장들은
한 달에 한 번씩 사랑방 모임을 가질 뿐 다른
의무나 책임은 없었다. 모임 장소의 원장이
식사와 다과를 제공했는데 주로 지리적으로
중간인 경주에서 모였다. 나는 2020년
안식년을 보낸 후에 한의원 이름을 '수선水善
사랑방한의원'으로 변경하였다. 대구와 밀양의
사랑방한의원 원장들은 대처로 옮겼다. 다른
곳에서 다른 시도를 하기 위함이다. 여전히
서로를 응원하는 든든한 동료들이다.

보통 사람들의 보통 이야기

나는 TV 프로그램 중에 〈유퀴즈 온 더 블럭〉을 즐겨
본다. 길에서 만난 보통 사람의 이야기인데 재미와
감동이 있다. 보다 보면 나의 부모, 친구, 이웃을
떠올린다. 아내는 물론이고 어린 아이들도 무척
좋아한다. 방송 프로그램 시간이 앞당겨진 것을 보니
다른 사람들도 좋아하는 모양이다. 내가 보통 사람에
속해 있음을 알게 되고, 보통 사람의 아름다움을
발견하게 된다.

　몇 년 전부터 소설과 수필의 재미에 빠져들고
있는데 유명 수필가가 아닌 보통 사람들의 보통
이야기를 찾아서 본다. 〈유퀴즈 온 더 블럭〉에서 보던
보통 사람의 이야기들이다. 생각지 못한 그들의
고충을 알고 너그러워지기도 하고 다른 사람들도

나와 별반 다르지 않다는 점에 위로를 받을 때도
있다.

〈매일 갑니다, 편의점〉을 읽기 전까지는 내가
편의점에서 택배를 보내는 것이 점주에게 도움이
되는 줄 알았다. 택배 업무는 사람이 드나들게끔
제공하는 편의 업무일 뿐이며 오히려 자리를
차지하고 테이프나 빈 상자를 비치하고 분실을
방지하며 주변을 청소해야 하는 등의 번거로움이
있다. 그 사실을 알게 된 후에는 편의점에서 택배를
부치면 과자든 빵이든 다른 것을 좀 더 구입한다.
모르는 편의점주도 아니고 몇 년째 얼굴 보는 분인데
택배 신세만 질 수 없지 않나. 과자 한 봉지를 더 살
뿐인데 기분이 많이 좋아진다. 택배만 부칠 때보다
내가 더 나은 사람이 된 느낌이다.

현직 버스기사가 쓴 수필 〈나는 그냥
버스기사입니다〉를 읽으면서 든 생각은 '그냥
버스기사라더니…'였다. 그냥 버스기사가 이렇게
글을 잘 쓰면 글쓰기를 직업으로 삼는 사람들은
어쩌란 말인가. 가구점을 하다 지친 그는 다 버리고
집을 떠났다가 장애가 있는 딸이 눈에 밟혀서 다시

집으로 돌아와 운전대를 잡았단다. 일이 고되다
보니 오전에는 선진국 버스기사였다가 오후에는
개발도상국, 저녁에는 후진국 기사가 된다고 한다.
오래 기다렸을 승객을 생각해 부랴부랴 회차했으나
되려 늦었다고 화풀이하는 승객을 대하면 억울해서
눈물이 쏙 빠진다고 한다. 그래도 어떤 누구의 잘못도
없다고, 모두가 자기 입장에서는 옳고 자기 인식
수준에서는 최선을 다하는 것이라고 말한다. 내가
그의 입장이라면 더 점잖게 운전하고 더 너그럽게
승객을 대할 수 있을까? 아니다, 나는 그렇게 하지
못할 것이다. 이 책을 읽고 난 후 차선을 급하게
변경하는 버스를 보는 나의 태도는 전과 달라졌다.
상대의 입장을 알게 되니 짜증이 덜 나고, 짜증이 덜
나니 내게 좋았다.

　아내에게 두 책을 권했더니 재미있게 읽은
모양이다. 아내는 책을 소개하는 글을 띠지에 적어
한의원 책장에 두었다. 내원하는 환자들 중에 편의점
주인이나 버스기사는 많지 않다. 그러나 편의점을
이용하거나 버스를 타는 분들은 많다.

　생존을 위해 직업을 고를 때는 귀천이 없다.

생존보다 우선하는 것은 없기 때문이다. 생존의
문제가 해결된 뒤에는 효율성이나 선호도를 따진다.
같은 시간을 투자했을 때 더 많은 돈을 벌 수 있는
직업으로 옮기거나 꼭 하고 싶은 일을 한다. 효율성을
높이느라 남에게 피해를 끼치면 도덕적 비난을
받고, 생존을 해결하지 않은 상태에서 하고 싶은
일을 고집하면 철이 없다고 한다. 개원 후 9평의
작은 한의원을 보고 "장난하나 보지 뭐"라고 말하는
한의사를 만났을 때도 부끄럽지 않았다. 그림을
그리고 싶었지만 생존을 해결하기 위해 어머니와
청소일을 시작한 20대 여성이 있다. 자신이 청소하는
이야기를 만화로 그려 〈저 청소일 하는데요?〉를
출판했다. 그 책을 보고 무척 반가웠다. 생존 문제를
해결하고, 이를 디딤돌로 삼아 자신이 하고 싶은 일로
나아갔기 때문이다. 그가 대학에서 그림을 전공할 때
청소를 하게 될 줄 몰랐듯이, 나도 한의대에서 상담
치료를 준비할 때는 일반 진료를 하게 될 줄 몰랐다.
졸업했을 때 나의 상담을 필요로 하는 사람은 없었다.
나는 형편을 감안해서 일반 진료에 매진했고 점차
상담 치료의 기회를 갖게 되었다. 서로 하고 있는

일도, 나이도, 성별도 다르지만 나는 저자에게 깊게
공감할 수 있었다.

　이 책은 여러 사람에게 권했다. 이것도 한 번
보라며 침 맞는 분들의 무릎에 올려놓기도 하고, 따로
상담을 하며 빌려주거나 선물하기도 했다. 해야 하는
일, 할 수 있는 일, 하고 싶은 일 사이에서 갈피를 잡지
못하는 분들에게 힌트가 되길 바랐다.

　나도 보통 사람들 속에서 사는 보통 사람이지만
다른 사람들의 사정을 모를 때도 많다. 직접 사람들의
이야기를 듣고 나서야 알게 되기도 하고, 편의점
주인이나 버스기사가 쓴 책을 읽고서야 짐작하기도
한다. '사랑하면 알게 되고, 알게 되면 보이나니, 그때
보이는 것은 전과 같지 않으리라'는 말처럼 관심을
갖고 귀 기울이면 전과 다른 것들이 보인다. 내가 이런
이웃들과 함께 살고 있다는 게 때로 위로가 되고 힘이
된다.

　섣부른 조언은 귀에 들어오지 않는다. 때로는 같은
경험을 한 사람이 건네는 말이 더 힘이 된다. 내가
하는 경험에도 한계가 있기에 할 수 있는 조언의 폭도
한정되어 있다. 그래서 때로는 저자에게 기대어 책을

건네기도 하고 한의원 책장에 가만히 올려놓기도
한다. 내가 받았던 위로와 응원을 공유하고 싶어서.

희로애락

희로애락이라는 말이 재미있다. 우리의 감정을
뜻하는 칠정七情, 희로애락애오욕喜怒哀樂愛惡慾에서 앞의
네 개만 따로 말한 것이다. 칠정은 경우에 따라
희로애구애오욕喜怒哀懼愛惡欲, 희노우사비공경
喜怒憂思悲恐驚 등으로 달리 말할 때도 있다. 우리에게
익숙한 희로애락은 기쁨과 분노희로, 슬픔과
즐거움애락이라는 말이 대구를 이룬다. 분노와 슬픔은
명확히 구분이 되는데, 기쁨과 즐거움은 구분하기
어렵다. 우리는 부정적인 감정인 분노, 슬픔, 미움,
욕심, 걱정 등에 대해서는 명확하게 아는 반면 기쁨과
즐거움 같은 긍정적인 감정은 자세하게 구분하지
못한다. 대구를 이룬 말에 기대어 분노의 반대가 기쁨,
슬픔의 반대가 즐거움이라고 해도 명확하지 않다.

아기의 감정은 단순해 보인다. 웃거나 운다. 처음
보는 세상이 연신 신기한 모양이다. 엄마를 보고도
웃고 아빠를 보고도 웃고 할머니를 보고도 웃는다.
있는 그대로 받아들이는 즐거움이다희. 그러다가는
운다. 배가 고파도 울고, 기저귀를 갈아주지 않아도
운다. 지금의 상태를 있는 그대로 받아들이기
싫을 때 불쾌감을 표현하려고 운다노. 아기가 조금
자라면 까꿍놀이를 즐긴다. 손바닥으로 가리면서
있다 없다 하는 단순한 놀이를 그렇게 재미있어
한다. 눈에 보이지 않아도 엄마가 사라지지 않고
있다는 걸, 엄마가 다시 자신에게 온다는 것을 아는
아기는 불안해하지 않는다. 아이들이 어린이집에
가서 자지러지게 울 때는 상실감에 따른 슬픔이다애.
그러다가 친구와 놀이에 몰입하면 즐거워한다락. 있는
그대로 받아들일 때 생기는 기쁨, 거부하고 싶은 분노,
상실에 따른 슬픔, 몰입에 따른 즐거움, 이런 우리의
감정은 나이가 들어도 고스란히 있다.

연애에 빠지면 "그 사람 어디가 좋아?"라는 물음에
"다 좋아"라고 대답한다희. 그렇게 기쁠 수가 없다.
그렇게 서로 예쁘게 보다가 옷차림을 탓하고 사소한

습관을 탓한다. 본래 있던 모습들인데 얼굴에 있는
점처럼 거슬린다노. 좀 떼어내면 좋겠다. 그래서 "너는
도대체 왜!"라며 분노하고 싸운다. 싸우다가 헤어지면
상실감이 밀려온다애. 지난 일이 후회된다. 옷 입는
센스가 뭐 대수라고, 나름 귀엽기도 했는데. 슬픔에
몸부림치다 보면 다른 몰입의 대상을 찾는다. 어떤
이는 운동을 하고, 어떤 이는 취미를 배우고, 어떤
이는 다시 연애를 시작한다락.

　인생의 큰 흐름도 이와 같지 않나 싶다. 어릴 때는
다 즐거웠던 것 같다. 똥을 밟아도 깔깔대고 떨어지는
낙엽만 봐도 깔깔댄다. 조금 자라면 뜻대로 안
되는 일이 보인다. 누구는 나보다 잘생겼고, 누구는
나보다 돈이 많다. 나만 똥 밟은 것 같아서 화가 난다.
그렇게 살다가 나이가 들고 병이 생기면 낙엽만 져도
서글프다. 인생이 휙 하고 지나간 것 같다. 문득 아직
살아있음을 깨닫고, 아직 기회가 있음을 깨달으면
다른 것들이 보인다. 평생의 한이었던 글자를 배우면서
즐거워하기도 하고, 그림을 그리기도 한다. 텃밭을
가꾸거나 여행을 하며 삶이 준 즐거움을 음미한다.
　때로 어떤 이들은 계속 분노나 슬픔에 머물기도

한다. 반대로 계속 기쁨이나 즐거움에 머무는 것도
좋지만은 않다. 희희낙락하면 실없는 사람이 되고
심장에도 병이 든다. 미세먼지에 휩싸여 마스크 쓰기
전에는 맑은 공기를 들이키며 숨 쉬는 즐거움을
몰랐듯이 기쁨과 즐거움이 가득하면 이를 알지
못한다. 놀이기구는 오르락내리락 해서 즐거운
것이다. 계속 올라가는 게 지루한 것처럼 계속
내려가는 것도 못할 짓이다. 우리는 희로애락의
과정을 계속 반복한다. 다만 이것이 반복됨을 알기에
화나고 슬플 때도 침잠되지 않고, 기쁘고 즐거울 때도
방만해지지 않는다. 심하게 올라가고 내려가더라도
우리가 놀이기구를 즐길 수 있는 이유는 안전벨트가
있기 때문이다. 결국엔 안전하다는 걸 알기 때문에
안심하고 탄다. 희로애락이 반복된다는 걸 알면
인생이라는 놀이기구를 즐기게 된다.

　내 고집을 앞세우면 인생이 괴롭다. 여름은 더워서
싫고 겨울은 추워서 싫다. 그런데 모두가 그런 것은
아니다. 서핑도 즐기고 스키도 즐기는 사람은 여름도
좋아하고 겨울도 좋아한다. 여름은 더워서 좋고,
겨울은 추워서 좋다. 사계절이 오듯 누구에게나

희로애락이 오고, 누구에게나 생로병사가 온다. 나는
내 생물학적 청춘의 시기에 끝없는 어둠 속에 있다고
착각한 적이 있었다. 다행히 나이를 먹는 동안 다른
사람들의 도움으로 생각의 유연함을 얻었다. 어느덧
나이는 중년에 이르렀지만 청춘의 마음으로 한 해 한
해를 기대한다.

　　나는 낙차가 큰 놀이기구를 좋아했다. 마흔이
되어서도 띠동갑 처남을 꼬셔서 워터파크가
개장하자마자 놀러갔다. 줄이 길어지기 전에
놀이기구들을 반복해서 탔다. 불과 몇 년 전인데
이제는 다르다. 동생과 회전목마를 타던 아홉 살
큰아이가 바이킹 타고 싶다고 졸랐다. 아이만 탈
수 없어서 내가 보호자로 탔다가 십년감수했다.
전주동물원 바이킹을 끝으로 이제 더 이상 내 인생에
바이킹은 없다. 놀란 가슴을 가라앉히고 전에는
지루해서 타지 않았던 대관람차를 가족과 즐겁게
탔다. 일곱 살 둘째도 곧 바이킹을 타겠다고 조르겠지.
인생의 회전목마를 느낀다. 희로애락의 감정도 돌고,
사계절도 돌고, 대관람차도 돌고, 회전목마도 돈다.

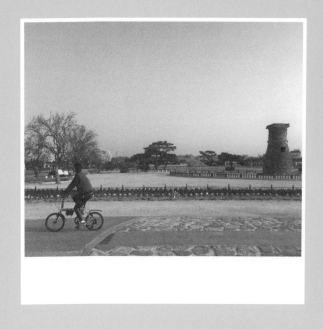

희喜

: 삶의 기쁨을 되새기게 하는 책 처방

이 책에서 말하는 희로애락은 한의사로서 음양으로
풀이한 감정이다. 음만 있을 수도 없고, 양만 있을
수도 없다. 음 속에도 음양이 있고, 양 속에도 음양이
있다. 기쁨만 있을 수도 없고 슬픔만 있을 수도 없다.
기쁨 속에도 장단이 있고, 슬픔 속에도 장단이 있다.
일반적인 개념과 다를 수 있으나 사물의 이면을
살피는 데는 유용하다.

　'희'는 받아들여서 생기는 기쁨이다. 골라 먹는
즐거움이 아니다. 웃고 우는 것밖에 할 수 없는, 제
힘으로 먹지도 못하고, 제가 싼 것을 치우지도 못하는
아기가 엄마에게 온전히 받아들여질 때 느끼는
기쁨이다. 엄마가 아기를 온전히 받아들이며 느끼는
기쁨이기도 하다. 연애를 시작할 때 상대의 결점까지
완벽하다며 받아들일 때 느끼는 기쁨이다.

　　기쁨은 누구나 좋아하는 감정이지만 장점만
있는 감정도 아니고 삶이 기쁨만으로 지속될 수도
없다. 아무리 롤러코스터를 좋아한다고 해도 계속
내려가기만 하는 것은 계속 올라가기만 하는 것처럼
좋지 않다. 단맛이 아무리 좋다 하더라도 단맛만
있으면 물리고 필연적으로 당뇨가 생긴다. 출중한
외모에 금수저로 태어난 이들이 삶을 무료해 하며
마약에 손대는 일도 종종 볼 수 있지 않은가.

　　받아들일 줄 모르는 사람이 왕이 되면 이
사람에게서는 이 결점을 보고, 저 사람에게서는 저
결점을 보기 때문에 곁에 사람이 남아나지 못한다.
(물론, 이런 성품에도 단점과 장점이 있다.) 늘 즐겁고
사람 좋아하는 성격인 사람이 왕이 되어 친구들에게
재상 자리를 모두 내준다면 나라는 극심한 혼란에
빠진다. 그러니 희의 성품이 강해도 문제다. 문제는
균형이다.

　　자전거를 탈 때 핸들을 왼쪽으로만 틀어도
넘어지고 오른쪽으로만 틀어도 넘어진다. 좌우로
끊임없이 움직여야 넘어지지 않는다. 서툴 때는

핸들의 진폭이 크지만 능숙해지면 마치 정가운데
고정되어 있는 것처럼 보인다. 중용도 이런 뜻이다.
미세하게 왼쪽과 오른쪽을 왔다 갔다 해야 넘어지지
않고 앞으로 나아간다.

희의 성품이 뚜렷하면서도 현명한 사람은 각자의
장점도 보지만 단점도 본다. 그래서 그 능력에 따라
외무부와 내무부를 구분해 맡기고, 재상과 군수로
차이를 두어 맡긴다. 적당한 거리를 두며 받아들이니
탈이 없고 편안하다. 이제 인생의 단맛과 쓴맛
사이에서 균형을 잘 잡으며 생이 주는 기쁨을 누리는
분들의 이야기가 담긴 책들을 소개한다.

〈너도 그렇다〉 나태주

종려나무, 2013

외우는 시가 없다고 쑥스러워 하던 김 선생님께 광화문 앞 교보빌딩
에 걸린 유명한 시를 알려드린 적이 있다. 나태주 시인의 시 '풀꽃'은
인생을 즐겁게 사는 비밀을 간단한 몇 마디로 알려 준다. 이 시 역시
오래 되뇌면 더 예쁘다. 마음에 새겨서 오래 입 안에 굴릴수록 더 아
름다운 시다. 아름다운 시는 나를 아름답게 만든다. 〈마음이 살짝 기
운다〉를 비롯한 나태주 시인의 다른 시집들도 무척 좋다. 아내는 〈울
지 마라 아내여〉를 자신의 책장에 꽂아 두었다. 부제가 아내를 위한
시집이다. 유튜브에서 영상을 찾아보면 할아버지 시인에 더 정이 갈
지 모른다. 참, 마음에 새기는 방법은 외우는 것이다. 김 선생님도 이
제 시를 암송한다.

〈위그든 씨의 사탕가게〉 폴 빌리어드 · 류해욱 역

문예출판사, 2007

때로 기쁨은 엉뚱한 탈을 쓰고 오기도 한다. 만 원짜리 물건을 고르
고 천 원을 내미는 사람에게, 만 원어치의 서비스를 받고 천 원을 내
미는 사람에게 어떤 마음이 들까? 황당함과 분노가 뒤섞이지 않을
까? 그러나 배려의 눈으로 살피면 뜨거운 감동이 올지도 모른다.
아이가 사탕을 사기 위해 건넨 체리씨 여섯 개를 보고 위그든 씨가

사탕과 거스름돈을 건네는 이야기를 중학교 교과서에서 읽었던 기억
이 난다. 성인이 된 아이가 열대어를 사기 위해 멀리서 온 꼬마가 건
넨 20센트를 받고 위그든 씨를 떠올리며 울컥했듯이 이 책에 실린 스
물두 개의 이야기를 읽는 동안 여러 번 울컥할 것이다. 미숙한 내가
받았던 수많은 '이해의 선물'들이 떠오르기 때문이다. 이야기의 결말
을 말한 셈이지만 이야기가 주는 감동을 훼손했다고는 생각하지 않
는다. 여러 번을 읽어도 울컥한 이 감정은 도무지 적응되지 않는다.
옮긴이는 류해욱 신부인데 그의 다른 번역서인 〈할아버지의 기도〉도
무척 좋다.

책에만 있는 이야기가 아니다. 지금도 우리 주변에서 볼 수 있는 이야
기다. 그런 사람들이 있느냐 없느냐보다 더 중요한 것은 나는 어떤 사
람에 가까운가이다.

〈고맙습니다〉 올리버 색스 + 김명남 역

알마, 2016

신경장애 임상 사례집인 〈아내를 모자로 착각한 남자〉로 유명한 신
경과 의사 올리버 색스가 마지막으로 쓴 글이다. 굉장히 얇지만 책이
전해 주는 감동은 상당하다. 책이 얇아 받는 사람에게도 부담이 적어
선물하거나 추천하기 좋다. 이 책을 읽고 그의 두꺼운 자서전인 〈온
더 무브〉를 읽는 사람이 많았다. 보디빌더처럼 당당한 체격에 직업적
으로도 승승장구하는 인생을 사는 것처럼 보였던 저자가 자신의 인

생에 대해 솔직히 들려준다. 자서전을 읽고 다시 〈고맙습니다〉를 읽
으면 감동이 더 깊게 다가온다. 삶을 포용하는 그의 자세를 닮고 싶다.

〈굿 라이프〉　최인철

21세기북스, 2018

올리버 색스와 같은 사람들의 이야기를 들어도 그들은 특별한 경우
이고, 자신은 다르며 항변하는 일이 있다. 굳이 지금의 우울감과 분
노에 빠져있고 싶다면 할 수 없다. 그러나 그 전에 이 분의 설명을 들
어보면 어떨까?

〈프레임〉을 쓴 서울대 심리학과 최인철 교수의 책이다. 행복은 복권
당첨처럼 특별한 일이라고 여기는 사람에게 저자는 불행하지 않으면
행복한 것이라고, 우리는 행복에 둘러싸여 살고 있다고 말한다. "에
이, 아니야. 나는 행복하지 않아"라며 자신의 행복을 거부하는 사람
에게 여러 실험과 자료를 근거로 반박할 수 없게 설명해 준다. 이 책
을 읽고 좋았다면 서은국 교수의 〈행복의 기원〉도 권한다. 좋아하는
사람과 음식을 함께 먹는 것이 행복이라는 결론을 향해 탄탄하게 걸
어간다. 그래서 가족과 식사하는 것이 중요하고 식탁에서 다투는 건
안 되는 일이구나 싶다.

〈인생학교 | 돈〉 존 암스트롱 + 정미우 역

샘앤파커스, 2013

그래, 마음자세는 그렇다고 수긍해 보자. 돈이 없어도 생기는 장점이
있나? 내가 처한 불행의 이유는 돈 때문인데 이건 어쩌란 말이냐? 여
전히 이렇게 항변할 수도 있다. 그래서 준비했다. 돈에 대한 책.
돈만 있으면 많은 문제가 해결될 것 같다. 절대빈곤이 문제라면 돈 이
외에 해결책은 없다. 그러나 "돈이 얼마나 있으면 되는데?"라는 질문
에 "많으면 많을수록 좋지"라고 대답한다면 그때부터 이 문제는 돈만
으로 해결할 수 없는 문제가 된다. 아무리 좋아하는 음식이라도 많이
먹을수록 좋은 음식은 없다. 책의 부제처럼 돈을 더 버는 방법이 아니
라 돈에 대해 덜 걱정하는 방법이 필요할지 모른다.

〈이토록 고고한 연예〉 김탁환

북스피어, 2018

좀 더 재미있게 이야기를 들려주며 생각의 변화까지 일으키게 도와
줄 수 있는 책을 찾는다면 이분을 소개한다. 주인공이 생소할 수 있으
나 읽고 나면 탄복한다. 역시 탁월한 이야기꾼이다.
한양 수표교의 거지이자, 조선의 대표적인 연예인이었던 광문(달문)
에 대한 글이다. 연암 박지원의 〈광문자전〉으로도 유명하다. 달문은
의로운 인품과 뛰어난 재주로 여러 사료에 기록되어 있는데 〈불멸의

이순신〉을 쓴 김탁환 작가의 필력에 힘입어 소설 속에 다시 태어났다.
작가의 상상력을 통해 역사에 기록되지 않은 실체에 더 근접하지 않
았나 싶다. 책을 다 읽고 달문에게 반했다. 그럴 수밖에 없었다.

〈그림 그리는 할머니 김두엽입니다〉 김두엽

북로그컴퍼니, 2021

소박하게 생활하는 나이든 분들의 이야기를 들으면 안도감이 든다.
'나도 행복해질 수 있겠구나' 하고. 83세에 그림을 그리기 시작해 94
세에 책을 펴낸 할머니. 그의 삶을 들여다보면 유복함과는 거리가 멀
지만 그림과 글에는 행복이 가득하다. 예전에 촬영한 〈인간극장〉을
다시 찾아보면 행복한 할머니 앞에서 불행을 고집한 내 어리석음이
여지없이 드러난다. 이분만의 특별한 일이 아니다. 미국에는 모지스
할머니가 있고〈인생에서 너무 늦은 때란 없습니다〉, 캐나다에는 모드 할머니
가 있다〈모드의 계절〉. 이분들을 통해 깨닫는 것은 우리 주변에 이런 삶
의 지혜를 가진 분들이 많다는 것이다.

〈고맙습니다〉 올리버 색스, 김명남 역, 알마, 2016

〈굿 라이프〉 최인철, 21세기북스, 2018

〈그림 그리는 할머니 김두엽입니다〉 김두엽, 북로그컴퍼니, 2021

〈나는 그냥 버스기사입니다〉 허혁, 수오서재, 2018

〈너도 그렇다〉 나태주, 종려나무, 2013

〈마음이 살짝 기운다〉 나태주, 로아 그림, 알에이치코리아RHK,

2019

〈매일 갑니다, 편의점〉 봉달호, 시공사, 2018

〈모드의 계절〉 모드 루이스 그림, 랜스 울러버 글, 밥 브룩스 사진,

박상현 역, 남해의봄날, 2018

〈병의 90%는 걷기만 해도 낫는다〉 나가오 가즈히로, 이선정 역,

북라이프, 2016

〈사람은 무엇으로 사는가〉 레프 니콜라예비치 톨스토이, 윤새라 역,

열린책들, 2014

〈아무튼, 피트니스〉 류은숙, 코난북스, 2017

〈온 더 무브〉 올리버 색스, 이민아 역, 알마, 2017

〈울지 마라 아내여〉 나태주, 푸른길, 2014

〈위그든 씨의 사탕가게〉 폴 빌리어드, 류해욱 역, 문예출판사,

2007

〈이토록 고고한 연예〉 김탁환, 북스피어, 2018

〈인생에서 너무 늦은 때란 없습니다〉 애나 메리 로버트슨 모지스,

류승경 역, 수오서재, 2017

〈인생학교 | 돈〉 존 암스트롱, 정미우 역, 쌤앤파커스, 2013

〈프레임〉 최인철, 21세기북스, 2016

〈할아버지의 기도〉 레이첼 나오미 레멘, 류혜욱 역, 문예출판사,

2005

〈행복의 기원〉 서은국, 21세기북스, 2014

두 번째 책 처방

노怒

화는
나부터
태운다

책을 처방합니다 ❷

"남편이 아니라 남의 편이야! 내가 아주 화병이 나서
못살겠어요."

한의원에 오신 분들과 대화를 나누다 보면 종종
고민 상담을 하게 된다. 소화가 안 된다거나, 기운이
떨어진다거나, 머리가 아프다거나 하는 증상들은
신체 어느 기관에 문제가 생긴 것일 수도 있지만
마음의 문제, 즉 스트레스로 인한 증상일 때도
있다. 배우자와의 문제, 부모나 자식과의 갈등이
쌓이고 쌓여 신체의 병까지 만든다. 위장병이나
퇴행성관절염이 심한 사례 중에 화병을 동반하는
경우가 많다. '화병'은 우리 민족에게 독특하게
나타나는 증상이라고들 하는데 이제는 국제적으로도
독립적인 질병으로 인정받고 있다.

"이거 한 번 읽어 보세요."

  화병으로 약을 지어달라는 분께 책을 들이미니
대뜸 마뜩잖은 눈치다.

"노안이 와서 책 못 읽어요."

"이건 큰 글씨 책이라 괜찮아요. 그냥 눈으로 읽지
마시고, 천천히 소리 내서 읽어 보세요. 소리 내서
읽으면 눈으로 읽는 것보다 느리긴 해도 기억에 잘
남고 마음도 좀 풀리실 거예요. 노래하면 응어리가
풀리는 것처럼요."

  마음의 갈등으로 고민하는 분에게는 〈법륜스님의
행복〉을 가장 많이 추천한다. 이 책은 큰 글씨 책이
있어서 노안이 생긴 분에게도 좋다. 지금의 나를 있게
한 스승님의 책 〈마음세탁소〉와 북드라망 출판사의
'낭송' 시리즈도 자주 추천한다. 책이 싫다는
분들에게는 법륜스님의 유튜브 채널 〈즉문즉설〉을
추천하기도 한다. 이 또한 그냥 보는 것이 아니라,
15분 정도의 동영상 하나를 다 보고 난 후에 노트에
내용 정리를 하도록 권한다. 들으면서 정리하는 것이
아니라 듣고 난 후에 정리하니 더 집중하게 된다.
한 번 듣고 다 정리하기는 어려우니 두세 번 돌려

보기도 한다. 우리는 다른 사람의 말을 들으면서
끄덕이다가도 나중에 같은 상황에 처하면 배운 대로
하지 못하고 여전히 나의 방식대로 대응하기 일쑤다.
동영상의 내용을 한 문장으로 정리하는 것은 내용을
완전히 꿰뚫었을 때나 가능한 일이다. 고미숙 작가의
〈낭송의 달인 호모 큐라스〉를 읽은 후에 낭송의
위력을 깨닫고 낭송을 권하는 일이 많아졌다.

　　우리가 책을 읽는 방법은 대개 소리 내지 않고
읽는 묵독이다. 묵독은 눈만 사용하나 낭독은 눈,
입, 귀를 모두 사용한다. 자연히 뇌가 더 활성화되어
기억력도 향상된다. 묵독할 때보다 낭독할 때 기억에
남는 것이 많다. 옛 선비들의 공부 방법이 묵독이
아니라 낭독이었던 까닭도 이를 경험으로 알고 있었기
때문이다.

　　시간 여유가 있는 분에게는 책 필사를 권한다.
필사는 내가 공부해 온 방법이기도 하다. 읽을 때는
10분이어도 필사하려면 1시간 이상 걸린다. 그러나
시간이 많이 걸리는 만큼 필사는 효과가 좋다.
내 스승은 돌에 새기듯이 공부하라고 했다. 손을
사용하는 필사는 내 몸에 말씀을 새기는 방법이다.

아무 책이나 필사한다고 효과를 보는 것은 아니다.
화병이 든 상태에서는 마음이 끌리는 책이 오히려
치료에 안 좋은 경우가 많다. 남편 흉을 볼 때
맞장구 쳐주는 친구는 내 마음을 한결 후련하게 해
주지만 치료를 위해서는 직언이 필요할 때가 있다.
왕의 실정을 지적해 주는 신하는 죽음을 무릅쓰고
고언苦言한다. 쓴소리가 듣기 좋을 리 없다. 그런 말이
적혀 있는 책이라면? 집어던지기 십상이다. 그래서
치료를 위한 책을 추천해 주고, 낭송이나 필사를
지속할 수 있도록 도와주는 사람이 필요하다. 아플
때 내 몸을 치료하는 것은 맛있는 음식이 아니라 쓴
약이듯, 마음이 병들었을 때 이를 치료할 수 있는 말도
쓴소리다. 그러나 아무리 좋은 약도 삼킬 수 없이
쓰면 소용이 없다. 감초, 생강, 대추 등으로 쓴맛을
누그러뜨리고 위장을 달래 삼킬 수 있게 해야 한다.
아무리 좋은 말이라도 그 말만으로는 귀로 들어갈
수 없다. 이해와 공감으로 쓴소리를 감싸고 때를
기다리며 시간을 들여야 귀로 들어간다.

　체중 감량을 위해 안 좋은 식습관을 고치는 것처럼,
마음의 병을 치료할 때도 좋지 않은 생각의 습관을

고쳐 나가는 노력이 필요하다. 몸을 건강하게
유지하기 위해 좋은 것을 먹고 운동하는 것처럼,
마음의 평화와 행복을 유지하는 데에도 주의를
기울여야 한다. 몸의 습관을 바꾸는 것보다 마음을
바꾸는 것이 더 어렵다. 마음을 바꾼다는 것은 삶을
대하는 자세와 태도를 바꾸는 것이기 때문이다.
혼자 할 수 있으면 좋겠지만, 누군가 봐 주고 응원해
주는 사람이 없으면 꾸준히 하기 어렵다. 마라톤을
나가면 페이스메이커가 있다. 시간이 적힌 풍선을
허리춤에 매달고 달리는 분들인데 그분을 따라가면
틀림없이 그 시간에 들어갈 수 있다. 한의원에 오시는
분들에게는 내가 페이스메이커다. 필사한 노트와
낭송을 녹음한 파일을 검사하면서 꾸준히 필사와
낭송을 하도록 독려한다.

　처음에는 주로 책을 권하는 선에서 그치거나
필사를 권해 따르는 분이 몇 분 정도였는데, 몇 년
전부터는 매일 파일을 카톡으로 보내며 꾸준히
낭송하는 분이 여럿이 되었다. 특히 윤선덕 님이
유튜브 동영상을 정리한 노트를 들고 한의원에
방문하셨을 때는 감동했다. 100개에 이르는 영상을

몇 번이나 반복해서 들으며 정리한 것을 알 수 있었다.

"남편을 남의 편이라고 안 부르려고요. 근데 뭐라 불러야 할지 모르겠어요."

윤선덕 님은 이제 꼬박꼬박 남편을 '배우자' 님이라고 지칭한다. '가르치자'는 자세로 다투던 남편을 '배우자'는 자세로 대한다고 했다. 그런 자세로 생활하니 친정어머니와 올케 사이에서 갈등이 생길 때도 덜 휘둘린다고 한다. 감정이 올라와도 곧 올바른 판단을 내리니 감정에 휩싸이지 않는다. 몸이 건강해야 마음의 건강을 챙길 수 있고, 마음이 평화롭고 행복해야 몸도 건강할 수 있다. 차만 고치는 것이 아니라 운전자의 운전 습관과 정비 습관까지 고치는 것이다. 그래서 콧노래를 부르며 이 세상을 더 즐겁게 드라이브할 수 있기를. 브라보!

지금 공부보다 중요한 건 뭐? 화장실!

원정이의 눈에는 생기가 부족했다. 특목고 입시를
준비했는데 아쉽게 떨어져서 상심하고 있다고
했다. 어머니는 원정이가 고교 입학 전에 보약을
지어주고 싶어서 오셨다. 원정이는 말이 없고, 주로
어머니가 이야기를 했다. 내가 원정이에게 "공부하기
힘드니?"라고 묻자 옆에서 어머니가 손사래를
치며 "어휴, 애 공부 그렇게 열심히 안 해요"라고
대답했다. 어머니는 원정이에 대해 모든 것을 알고
있다고 생각하는 듯했다. 이렇게 단정 지으면
퇴로가 없다. 부모의 기대가 10인데 아이가 8을 하고
있으면 열심히 하고 있지 않은 것이지만, 아이의
본래 능력이 6이었다면 이미 과부하가 걸린 상태다.
그러나 부모가 열심히 하고 있지 않다고 단정 지으면

아이는 힘들다고 말하기 어렵다. 게다가 입시에서
떨어졌으니…. 어머니에게 이 점을 말씀드리니 금세
이해하시고 사실 입시에서 고배를 마신 후 아이가
부쩍 우울해하고, 사는 이유도 모르겠다고 하기에
덜컥 겁이 나서 오셨다고 했다.

"원정아, 똥 일주일에 몇 번 싸니?"

"일주일에 한 번 볼까 말까 해요."

"화장실 잘 못 간 지 몇 년이나 됐어?"

"초등학교 5학년 무렵부터인 것 같아요."

이미 5년이나 된 문제였는데 어머니는 모르고
계셨다.

사실 변비는 치료하기 어렵다. 습관병이기 때문이다.
다른 병을 치료하기 위해 치료 기간 동안 배변을
쉽게 할 수는 있지만 변비를 완전히 치료하기는 쉽지
않다. 본래 동물은 똥을 참지 않는다. 소나 말은 걸어
다니다가 똥을 마구 싼다. 느낌이 오면 바로 내보내는
것이다. 우리 몸에는 두 종류의 신경이 있는데
의식적으로 조절할 수 있는 신경이 있고, 자동으로
작동하는 신경이 있다. 후자를 자율신경계라고
하는데 우리가 소화하고 배설하는 것은 자율신경계의

작용이다. 똥이 마려운 것은 자동으로 이루어지는데
이때 똥을 참는 것은 의식적으로 이루어진다.
자율신경계의 작용을 의식적으로 막다 보면
자율신경계가 제대로 작동하지 않게 된다. 나중에는
똥 싸는 것을 의식적으로 하게 된다. 우리는
초등학교에 입학하고부터 쉬는 시간에만 화장실에
간다. 신호가 와도 참다가 쉬는 시간에 가거나, 학교
화장실을 꺼리는 성격이라면 집에 돌아갈 때까지
참기도 한다. 이렇게 배변을 의식적으로 보다가 다시
무의식으로 되돌리는 것은 매우 어렵다.

　　변비를 고치려고 유산균이나 프로바이오틱스 같은
것을 많이 먹지만 그보다는 작은 신호에 민감하게
반응하는 훈련이 필요하다. 약한 신호라도 오면 바로
변기에 앉아야 한다. 그냥 앉는 것보다 쪼그려 앉기가
배변하기에 좋은 자세인데 좌변기 앞에 목욕용
의자나 유아용 발받침을 놓고 발을 올려 놓으면
쪼그려 앉는 자세가 된다. 억지로 힘을 주지 말고
5분 정도만 앉아 있다가 변이 나오지 않으면 그냥
일어서서 밖으로 나온다. 다시 일상생활을 하다가
신호가 오면 화장실에 들어가되 5분 이상 앉아 있지

않는다. 이렇게 해야 주도권을 자율신경에 다시
넘겨줄 수 있다.

대장에 대변이 오래 머물면 많은 문제가 생긴다.
버리면 간단히 해결되는 문제인데 버려야 하는
쓰레기를 몸 안에 오래 두고 있자니 거기서 생기는
가스와 유독물질을 몸에서 해독해야 한다. 대장에서
생긴 가스와 유독물질은 간문맥이라는 혈관을 타고
간으로 들어간다. 간에서 해독 작용이 이루어지지만
본래 버려야 할 쓰레기를 처리하는 과정이니
과부하가 걸리고, 해독도 완전하게 되지 않는다. 이를
장누수증후군이라고도 부른다.

혈액이 하는 역할은 세포에 산소와 영양분을
공급하고 세포에서 생긴 이산화탄소와 노폐물을
수거하는 것이다. 그러나 혈액에 이미 노폐물이
많으니 산소와 영양분을 공급하는 것도 어렵고,
세포에서 이산화탄소와 노폐물을 수거하기도 어렵다.
산소와 영양분을 가장 많이 필요로 하는 곳은 뇌다.
우리가 생각할 때 뇌는 산소와 영양분을 소모하고
이산화탄소와 노폐물을 배출한다. 공부하는 것도
뇌를 쓰는 것이고, 스트레스를 받는 것도 생각을 계속

하고 있는 것이니 뇌를 쓰는 것이다. 산소와 영양분의
필요량은 높아지는데 공급량이 이를 못 따라가면
힘들다고 느낀다. 힘들다는 것은 쉬어야 한다는
신호인데 우리는 졸음을 참아 가며 책상에 앉아서
공부하고, 이러한 습관으로 직장생활을 한다. 커피나
피로회복제는 피로를 못 느끼게 할 뿐이지 피로를
풀어주지 못한다. 망치질을 하다가 팔에 통증이
느껴지면 망치질을 멈추고 쉬어야 하는데 진통제를
먹고 망치질을 계속하는 것과 같다.

　문제를 풀어내는 방법은 여러 가지가 있다. 인삼과
숙지황을 써서 혈액량을 늘리면 혈액이 전보다
맑아지니 기력을 찾을 것이고, 심리 상담을 해서
스트레스를 낮추면 뇌의 산소요구량이 낮아지니
피로감도 줄어들 것이며, 대변을 자주 보게 하면
간에서 처리할 노폐물이 적어지니 건강을 되찾을
것이다. 어떤 치료 방법을 택할지는 상황마다 다르다.

　대변을 보게 하는 게 빠르게 치료할 수 있는
방법이라고 해도 하루에 4~5회 대변을 보러 화장실에
가는 일은 학기 중에는 쓰기 어려운 방법이고, 지금
정서 변화가 극심한 사람이라면 마주 앉아 상담

치료부터 해야 할 수도 있으며, 아직 환자와 신뢰가
깊지 않다면 우선 원하는 대로 기력부터 회복시켜
신뢰를 쌓은 다음에 대변을 자주 보게 하는 방법을
권할 수도 있다.

한의학에서는 간, 대장 상통이라는 말이 있다.
간과 대장의 병은 함께 오니 치료도 함께 해야
한다는 뜻이다. 현대의학에는 간 기능 손상으로
정서장애, 의식 혼탁, 혼수가 생기는 간성혼수가
있다. 간성혼수가 있을 때는 이러한 질소산화물을
배출하기 위해 관장을 한다. 옛 사람들은 간문맥이나
질소산화물을 알지는 못했지만 경험적으로 간과
대장이 밀접함을 알고 변을 보게 하는 대시호탕이나
대승기탕을 썼다.

다행히 원정이 어머니는 처음 오셨음에도 다른
분의 소개를 받아 오셨기에 어느 정도 신뢰가 있었고,
내 설명에 잘 수긍하셨다. 복약 치료를 하면서 주말에
침 치료를 병행했는데 원정이의 눈빛을 보면 그 주의
대변 횟수를 짐작할 수 있었다. 6주째에 접어들었을
때부턴 원정이의 눈에 생기가 돌았다. 하루 빼고 매일
화장실에 갔다고 한다.

"매일 똥을 눴더니 머리가 무겁지 않고 가벼워요."

"네가 공부를 하건 무엇을 하건 가벼워야 잘할 수
있단다. 머리도 가볍고 몸도 가볍고 마음도 가벼워야
한단다. 그러기 위해서는 화장실 가는 게 가장
중요하다."

짐짓 근엄하게 똥을 잘 누라 이야기했더니
초롱하던 원정이의 눈이 웃음을 참지 못하고 둥글게
휘어졌다.

저는 무슨 체질이에요?

진료할 때 종종 체질을 묻는 질문을 듣는다.

사석에서는 "건강한 체질이세요" 하고 웃으며 지나칠

때도 있다. 체질을 물을 때는 보통 태음인, 태양인,

소음인, 소양인으로 구분하는 사상체질 중에 어디에

속하냐는 질문이지만, 단정 지어 말하기 어렵다. 자기

체질에 맞는 음식을 챙겨 먹고 싶어 하는 마음은

알지만 섣불리 말하기 꺼려진다.

태음인이 무엇을 뜻하는지, 소음인이 무엇을

뜻하는지 설명하기도 쉽지 않다. 아인슈타인은

"당신이 알고 있는 것을 여러분의 할머니가 이해할 수

있게 설명하지 못 한다면, 당신은 그것을 진정으로

알고 있는 것이 아니다"라고 말했다는데 뜨끔한다.

한의대생 때 어떤 과목을 재시험 보았는지 모두

기억나지는 않지만 사상의학은 확실하게 재시험을
보았다. 사상의학에 흥미를 느끼고 꽤 공들여
공부했기에 동기생들에게 스터디도 여러 차례 해
주었다. 수업은 2학기에 걸쳐 있었는데 "형 덕분에",
"오빠 덕분에 시험 무사히 통과했어요"라는 인사를
많이 들었다. 그러나 나는 두 학기 모두 재시험을
보았다. 당연한 결과다. 내가 흥미를 느낀 것과 시험에
나오는 내용은 다른 내용이었으니까.

사상의학을 만든 이제마 선생은 조선 후기의
선비다. 과거의 지식인에게는 의학도 하나의
교양이었다. 그래서 실록에 보면 왕이 복약할
처방을 어의가 내면 대신들이 토론을 하거나 왕이
직접 지시하는 경우가 있다. 이제마 선생은 당시의
지식인에게 익숙한 태양, 태음, 소양, 소음으로 책을
기술했으나 지금은 익히기 어려운 개념이다.

태음, 태양, 소음, 소양은 마치 동서남북과 같다.
네 개의 방향을 정해 놨지만 우리가 어딘가를 찾아갈
때 100% 동쪽이나 100% 남쪽으로만 가지는 않는다.
동남쪽으로 갈 때도 있고, 동동북쪽으로 갈 때도
있다. 2차원만 해도 360도에 걸쳐서 방향을 정할 수

있는데 이걸 우주로 날아가는 우주선처럼 3차원으로
생각하면 방향은 훨씬 더 많다. 100% 태양인은
100% 북극점처럼 드물다. 누구나 동의할 정도로
태양인 기질이 강한 사람은 있으나 대부분의 사람은
'보통'이다.

　그리고 사상이라는 것은 당시에 익숙한 태와 소,
음과 양 두 가지의 기준으로 나눈 것이지 절대적인
기준은 아니다. 그래서 현대에 와서 권도원 박사가
여덟 개의 체질로 구분한 팔체질도 있고, 〈동의보감〉에
근거한 형상의학회에서는 사람의 외양에 따라 그보다
더 많은 체질로 구분하기도 한다. 체질을 구분하는
기준은 절대적이지 않다. 지금 익숙한 개념으로
체질을 나눈다면 뚱뚱한가, 날씬한가와 피부가 흰가
검은가로 구분할 것이다. 누구나 동의할 수 있는
비인肥人이나 백인白人도 있지만 많은 사람을 '보통
체형', '보통 피부색'이라고 표현할 것이다. 진단하는
입장에서는 비인과 수인瘦人, 백인과 흑인黑人 사이에서
미세한 줄타기를 하겠지만 우리가 생활할 때는 별로
의식하지 못한다.

　어떤 한의사든 나를 진찰하면 소음인이라고

얘기하지만 내게 소음인 성향만 100% 있는 것은
아니다. 하물며 대부분의 사람은 굳이 구분하지
않아도 될 정도다. 이제마 선생 본인이 극히 드문 특이
체질이었기에 사상의학을 저술했고, 사상은 진료할
때 여전히 유용한 개념이지만 대부분의 사람은 굳이
자신의 체질을 알고 살 필요가 없다. 고도비만이나
깡마른 것 모두 좋지 않듯이 오히려 한쪽에 치우친
것은 좋지 않다. 가장 좋은 것은 음양이 고르게
조화를 이룬 음양화평지인陰陽和平之人이다.

　그래도 알려 달라고 굳이 조르면 네 개 중에 하나
가까운 것을 골라서 알려 주지만 대부분 애매하기
때문에 어떤 한의사는 그 사람의 얼굴과 체형을
보고 소양인을 말해 주고, 어떤 한의사는 그 사람의
성격을 보고 태음인을 말해 줄 수도 있다. 성숙한
사람은 나이가 들수록 자신의 결점을 줄여 나간다.
모난 성품은 원만해지고, 적당한 체형을 유지하려고
애쓴다. 그래서 나이 들수록 체질을 말하기 어려운
사람이 있다. 젊을 때는 소음인이라는 얘기를
들었는데 나이가 드니 태음인이라는 얘기를 들을
수도 있다.

사람들이 체질을 묻는 큰 이유는 자신에게 어떤
음식이 좋은지 궁금해서다. TV에서 체질에 따라
음식을 가려 먹어야 한다는 이야기를 보고 들은
사람들이 건강은 지키고 싶은데 자신의 체질을
모르니 묻는 것이다. 그 이유를 알기에 체질에
대해 알려 주는 것이 더 꺼려진다. 대부분은 '보통'
체질인데 섣불리 체질을 알려 주면 편식할까
염려되기 때문이다. 정말 특이 체질이라면 평소에
먹을 수 있는 음식이 다르다. 예를 들면 소고기를
조금만 먹어도 머리에 열감과 두통을 느끼는 사람도
있다. 그런 경우가 아니라면 그냥 골고루 먹으면 된다.
우리의 밥상에 올라오는 음식 대부분은 누가 먹어도,
매일 먹어도 탈이 안 나는 것들이다. 한쪽에 치우친
성질을 가진 것은 약이라고 부르며 우리가 탈이 났을
때에만 쓴다. 골고루 먹을 수 있는 사람이 건강한
사람이다. 억지로 자신의 체질을 한쪽으로 규정해서
치우친 식단을 먹는다면 건강에도 바람직하지
않을뿐더러 스스로 먹을 수 있는 범위를 좁혀 버린
셈이다.

굳이 체질에 따라 식단을 한정하지 않는 것이 좋다.

그럼에도 불구하고 TV, 인터넷에서 체질에 따라 식단, 건강에 좋은 식품, 건강보조제가 등장하는 것은 '먹고 살기 위해서'다. 시청자가 아니라 방송을 송출하는 사람들이 먹고 살기 위해서다. 그러니 건강 프로그램을 보더라도 너무 심각하게 보지 말고 예능 프로그램 보듯이 보는 것이 좋다. 계속 보다 보면 건강에 대한 염려만 커진다. 워낙 증상에 대해 이름 붙이기를 좋아하는 시대이니만큼 매스컴은 이것에 대해서도 '건강염려증'이라고 이름 붙였는데, 이제는 건강염려증에 걸릴까 염려하는 '건강염려증 염려증'이 생길지도 모르겠다.

걱정은 걱정을 낳는다. 중요한 것은 기본이다. 배부르면 수저를 내려놓고, 피곤하면 쉬고, 졸리면 자는 것이 먼저다. 다이어트 약을 먹고 피로회복제를 찾고 커피나 에너지드링크를 마실 일이 아니다. 허준 선생도 《동의보감》에서 건강을 지키는 양생법에 많은 지면을 할애해서 강조했다. 나도 공중보건학이나 가정의학과 책을 보면 많이 공감한다. 가장 중요한 것은 동서고금에 차이가 없다. 그러나 사람들의 관심이 주로 가는 것은 병이 난 후의 치료법이다.

건강할 때는 지켜야 할 필요성을 못 느끼다가
잃고 나서야 대처하려 한다. 정확하지 않은 정보를
검색하기보다는 좋은 책 한 권으로 정리된 것을
보는 것이 좋다. 특히 병난 뒤에 지푸라기라도
잡는 심정으로 찾고 접하는 것들은 말 그대로
지푸라기이다. 지푸라기는 아무리 많이 잡아도
가라앉는다.

　내가 교양서로 많이 추천하는 것은 의사 나가오
가즈히로가 쓴 〈병의 90%는 걷기만 해도 낫는다〉,
허영만 작가의 〈허허 동의보감〉, 유태우 박사의
〈고혈압, 3개월에 약 없이 완치하기〉 등 이다.
서울대학병원 가정의학과장이었던 유태우 박사의
책은 특정 질환에 대한 책이지만 고혈압이 없는
사람이 읽어도 좋다. 이것들을 읽고 한 걸음 더
나아가고 싶어 하는 분들에게는 〈마녀체력〉, 〈낭송
동의보감〉, 〈우리 가족 건강 주치의〉를 추천한다.

　그래도 여전히 좋은 체질이 있을 것 같고, 내가
나쁜 체질이 아닐까 염려될 수도 있다. 유난히 건강한
체질이 있긴 하다. 유재석과 강호동만 보아도 둘이
다른 체질임을 누구나 쉽게 알 수 있다. 아내는

〈무한도전〉이라는 예능 프로그램의 팬이었다.
나도 옆에서 함께 보았는데 유재석의 체력이 점점
좋아지는 것이 눈에 띄었다. 유재석이 얼마나 자기
관리에 철저한지 알 수 있었다. 그래도 여전히
유재석은 강호동에게 씨름으로 이길 수 없다. 이건
타고난 문제이다. 다들 타고난 체질대로 건강을
관리해도 생활하는 데는 불편함이 없을 것이다. 모두
다 강호동 같은 체질일 필요는 없다. 그렇게 된다면
오히려 다른 문제가 생길 것이다.

　유재석도 있고 강호동도 있는 것이 좋다. 그래서
트로트 부르는 유산슬도 보고 〈우리동네 예체능〉에서
활약한 체육인 강호동도 본다. 날씬한 사람도 있고
통통한 사람도 있다. 키 큰 사람도 있고 아담한
사람도 있다. 까무잡잡한 사람도 있고 흰 사람도
있다. 나의 첫째 아이는 날씬하고 까무잡잡하다.
둘째는 통통하고 피부가 희다. 둘이 전혀 다른
체질이다. 그러나 둘 다 사랑스럽다. 내가 바라는
것은 두 아이가 각자 건강하고 행복하게 사는 것이다.
그렇게 사는 데 두 아이의 체질은 모두 부족함이
없다. 첫째는 유재석, 둘째는 강호동의 느낌이다. 나이

터울이 있으니 아직은 첫째가 힘으로는 이기지만
둘이 싸우면 큰애가 종종 운다. 자랄수록 둘째를
이기는 것이 만만치 않을 것이다.

　아내는 요즘 국방TV의 〈다큐멘터리 전쟁사〉를
보고 있다. 상당히 호전적이다. 첫째는 나를 닮고
둘째는 아내를 닮았다. 첫째와 둘째 아이가 다퉜을
때의 결말을 떠올린다. 이제 글을 그만 쓰고 설거지를
해야겠다. 나는 설거지를 해야 건강하게 오래 사는
체질이다.

위장병과 마음의 병은 함께 온다

정인애 님은 구안와사로 내원하셨다. 구안와사는
얼굴의 근육과 신경이 마비되는 질환이지만 뇌신경
때문에 생기는 문제는 아니다. 중추성 안면마비일
경우 뇌졸중 등으로 이어질 수 있으므로 증상이 있을
때 MRI나 CT 검사가 필요하다. 말초성 안면마비인
구안와사는 보통 특별한 원인을 알지 못해 주로
스트레스나 면역력 저하로 일어난 말초신경 마비로
본다. 1년 이내에 대부분 회복되지만 얼굴은 우리가
가장 관심을 많이 기울이는 신체이기에 회복하는
동안 대인관계에 어려움을 겪는다. 얼굴 한 편이
마비되는 구안와사는 눈이 감기지 않거나 입을
움직이지 못하는 불편감보다도 심리가 위축되는
문제가 더 크다. 누가 봐도 아프다는 것을 알 수

있어서 구안와사가 생기면 일을 놓고 요양에 전념하는
경우가 많다.

간肝은 피극지본疲極之本이며 간주근肝主筋 한다.
'피극지본'은 간이 하는 역할은 피로회복이고 육체든
정신이든 과로하면 간이 상한다는 뜻이다. '간주근'은
근육을 주관하는 곳이 간이니 근육의 병은 간을
치료해야 한다는 뜻이다. 그래서 한방 치료에서는
조구등, 백강잠 등의 평간약平肝藥, 즉 간을 다스리는
약을 쓴다. 대부분의 구안와사는 피로나 스트레스로
인해 얼굴의 근육과 신경이 마비된 것이니 쉬면서
얼굴의 근육과 신경을 침으로 자극하는 것이 도움이
된다. 환자의 절반 이상은 이렇게 하면 회복 기간이
단축된다. 그러나 간 이외에 위장, 대장, 쓸개 등
얼굴의 경락에 연결된 장부가 원인인 경우에는
얼굴만 치료해서는 후유증이 남기 쉽다. 위장, 대장,
쓸개 등의 원인 장부를 치료해야 효과가 좋다. 정인애
님은 이전에도 구안와사를 겪었고 후유증이 남아
있었다. 이번에는 반대편에 구안와사가 왔는데 위장의
문제가 심했다. 처음의 구안와사도 위장 문제 때문이
아니었을까 짐작했다.

위장의 문제는 음식과 지나친 생각 때문에 생긴다.
'바보는 위장병에 걸리지 않는다'는 말이 시사하는
바가 크다. 위장은 우리 몸이 음식을 받아들이는
곳이다. 위장이 음식을 받아들이지 못하면 병이 난
것이다. 우리가 어떤 상황이나 생각을 받아들이지
못할 때도 위장에 병이 생긴다. 그런데 한의학에서는
위장과 심포가 연결되어 있다고 본다. 심포는 우리가
흔히 말하는 심보로 이해하면 쉽다. 심포는 마음이지
실체가 있는 장부가 아니다. '위장과 심포가 상통을
이룬다'는 말은 위장과 마음이 함께 병이 잘 생긴다는
뜻이다.

옛 사람들은 위장과 마음의 관계에 주목했다.
현대에도 신경성 위염을 앓는 사람이 많은데
'신경성'이라는 말은 종종 당신이 마음을 편하게
가지는 것 이외에 달리 방법이 없다는 말처럼 들린다.
화병은 마음에 병이 났다는 뜻이고 특히 심포의
병이다. 한의학에서는 화병을 적극 치료해야 할
대상으로 본다.

우리는 교통사고를 당했다거나 몸의 통증을 크게
느낄 때 진통제를 처방받는다. 진통제가 작용하는

부위는 다친 부위가 아니라 뇌다. 역설적으로
들리겠지만 통증은 다친 부위에서 느끼는 것이
아니다. 다쳤다는 신호를 받은 뇌가 반응을 일으키는
것이다. 뇌를 진정시키면 통증은 줄어든다. 우리가
실연이나 실직으로 '죽을 것 같은' 괴로움을 느낄
때나 신체 충격으로 통증을 느낄 때 모두 뇌의
전측두상회가 작용하는 것이다. 그래서 몸이 아플
때와 마찬가지로 마음이 괴로울 때도 진통제를 쓰면
마음의 괴로움이 줄어든다. (2012년 네이쳐에 실린
UCLA 심리학과 교수인 나오미 아이젠버그의 실험
결과다. 이후 이 실험 결과를 의심하여 진행된 다른
실험에서도 같은 결과, 또는 더 강한 결과가 나왔다.
몸과 마음의 상호작용에 대한 연구는 이제 시작이다.)
실연이나 실직을 당한 사람은 사실 교통사고를 당한
사람과 같다. 뇌에서 일어나는 상황은 차이가 없지만
주변 사람의 눈에는 그렇게 보이지 않는다. 그래서
마음의 괴로움은 당사자가 겪는 고통 만큼 위로받지
못한다.

그렇다고 심포와 위장을 치료하는 약만 처방해서
될 일이 아니다. 마음의 병은 공감과 위로를 받지

못해서 생기는 병이기 때문이다. 때로는 "그때 마음이
어떠셨어요?"라는 관심만으로도 마음이 풀리고
몸이 가벼워지곤 한다. 정인애 님의 경우는 남편과의
관계로 마음이 괴로웠다. 외동아들은 남편이 밖에서
낳아 온 자녀였다. 정인애 님에게 병의 원인과
앞으로의 치료 계획을 말씀드렸다. 위장의 문제를
해결해야 하니 소화가 잘되고 배변이 잘되게 약을
쓰고 위장, 대장과 연결된 경락에 침을 놓았다. 그리고
위장과 연결된 심포의 문제를 해결하려면 남편에
대한 미움과 원망을 내려놓아야 한다고 했다. 원수를
사랑하라는 말은 원수를 위함이 아니라 나를 위하는
말이다. 미움을 내 가슴에 품고 사는 것은 독을 품고
사는 것이기 때문이다. 그 독은 남을 해치기 전에
나를 해친다. 정인애 님은 잘 납득하셨다. 지난
세월과 그분의 병이 미움과 원망을 풍화시키고 있었다.
　정인애 님의 경과는 무척 좋아서 예전의 후유증도
개선되었다. 보통 오래된 구안와사는 되돌리기
어렵다. 시간이 흐를수록 비뚤어진 상태의 근육과
신경이 그 상태에 적응해 버리기 때문이다. 그래서
오래된 후유증은 잘 치료하지 않는데 현재의 문제를

해결하는 도중에 효과를 보는 경우도 있다. 정인애
님은 본인의 병이 좋아지자 아들을 데려오셨다.
대학생인 아들도 위장장애가 심했다. 젊을수록 치료
효과가 좋다. 정인애 님의 아들은 침 치료만으로
좋아졌다. 너무 쉽게 나으면 그것이 얼마나 큰 복인지
알기 어렵다. 10년 뒤에 정인애 님의 아들을 같은
문제로 만났다면 치료하는 데 더 많은 시간과 비용이
들었을 것이다. 정인애 님은 그동안의 고생이 크신
탓에 내가 들인 노력보다도 내게 더 고마워하셨다.

　그 이후에도 6년의 시간 동안 정인애 님은 크고
작은 일들을 겪으셨다. 힘든 일이 생기면 얼굴에
경련이 생겼다며 찾아오시곤 한다. 처음 만났을 때나
6년이 지난 지금이나 정인애 님에게 아들은 여전히
각별하다. 힘든 일을 겪으면서도 아들을 보며 생의
의지를 다지고 일어나신다. 남편은 밉지만 아들을
선물해 준 것은 고맙다고도 하신다. 나는 그 말에서
거짓을 찾지 못했다.

트렁크 안의 도끼

50대의 남성 장태광 님은 두통과 가슴 답답함을
호소하며 내원했다. 본래 얼굴이 검고 붉은 편인데
눈도 충혈되어 있었다. 입술은 검붉고 혀 밑의 정맥은
확장되어 보랏빛으로 보였다. 간열증이었다. 간에
병이 들었고 병의 양상이 열증을 띤다는 뜻이다.
열증이라고 해서 실제로 체온이 올라간다거나 간의
온도가 올라갔다는 뜻이 아니다. 옛사람들의 언어를
이해하려면 그때의 상황을 알아야 한다. 옛사람의
눈에도 얼굴이 붉은 것, 정맥이 확장된 것 등이
보였을 것이고, 이러한 때에 어떠한 약초나 광물을
먹으니 증상이 호전되더라는 것을 경험으로 알았을
것이다. 증상과 치료 방법 사이의 원리를 설명할 때
우선은 당시에 익숙한 설명 방법을 찾았을 것이고
그것이 여의치 않을 때는 비유와 상징으로써 말했을

것이다.

현재에는 현재의 지식과 방법으로 설명하는
것이 쉽다. 지금은 신경계와 호르몬, 세포와 유전자,
분자와 이온으로 설명하는 것이 쉬운 시대다.
과학고를 다니고 대학에서 생물과 화학을 전공한
내게는 현대 과학이 한의학보다 익숙한 설명
방식이었다. 실체가 보이지 않는 기氣에 대해서 말하고
심지어 기조차도 영기, 위기, 진기, 종기 등으로
세분화할 때는 암흑 속을 헤매는 듯했다. 그러나
때로는 비유가 더 직관적으로 이해되고 느껴지기도
한다. '암흑 속을 헤매는 듯하다'라는 표현도 흔한
비유이지만 어떤 상황인지 금세 이해하고 공감할
수 있다. 거듭된 시험 낙방과 집안의 우환이 겹칠
때 내가 위로받은 말은 "영원한 겨울은 없다. 겨울
뒤에는 봄이 온다"라든가, "밤이 깊을수록 새벽이
가까워진다"라는 글귀들이었다. ((주역)의 복괘復卦를
쉽게 풀이한 말이다. (주역)에서는 밤이 가장 긴
동지를 한 해의 시작으로 본다.) 그 글을 읽었을 때
계절은 6월의 여름이었고 시간은 낮이었다. 그러나
나는 내 상황을 겨울, 밤과 동일시하고 계절과 하루의

순환을 세상의 이치로 받아들여서 나의 미래에
대해서도 낙관했다. 이러한 말을 듣고 "북극점에 가
봐라. 봄이 오나"라든가 "북유럽의 백야를 안 겪어
봤지?"라고 시비를 거는 사람은 없다. 어떤 뜻으로
그러한 말을 했는지 알기 때문이다. 비유와 상징은
우리 인생을 설명할 때 지금도 유용하다.

　화가 날 때는 '열 받았다'고들 한다. 얼굴이
벌겋게 되니 확실히 추위보다는 열이 연상된다.
한의학에서는 여러 감정 중 분노를 간과 연관 짓는데
간암 말기 환자들 중엔 평소에 점잖던 사람도 쉽게
분노하는 것을 볼 수 있다. (병에 걸린 사람들의 공통
정서가 '분노'는 아니다. 한의학에서는 폐는 감정
중 '우울'과 관련이 깊다고 보는데 실제 폐질환자는
우울을 많이 호소한다. 폐결핵으로 죽은 문인들이
우울한 글을 남기는 경우가 많은 것도 이러한
까닭이다.) 너무 화가 나면 때로는 손이 떨리기도
한다. 마치 나무에 바람이 불어 잎사귀가 흔들리는
것 같다. 그래서 옛사람들은 간을 바람, 분노와 연관
짓고, 근육, 혈액과 관련지었다.

　장태광 님은 분노로 인해 간에 병이 든 상황이었다.

머리는 아프고 목과 어깨는 경직되고 손발이 저렸다.
한약과 침으로 증상을 잠시 완화시키더라도 결국은
분노의 원인을 찾는 것이 중요하다. 불에 모래를
붓더라도 기름이 계속 흘러들고 있다면 치료는
도돌이표를 만난다. 분노의 원인은 아내의 외도였다.
차 트렁크에 도끼를 넣고 다닌다는 말에 나도
식겁했다. 장태광 님은 마음의 괴로움이 만든 몸의
통증까지 아내 탓으로 여기고 있었다. 몸이 아픈 만큼
분노는 더 커졌다. 치료를 하면서 숨쉬기가 편해지고
머리가 덜 아파지자 분노가 조금은 가라앉고 더 깊은
얘기를 나눌 수 있었다.

장태광 님은 젊은 시절 자신의 외도로 아내와
갈등을 겪은 적이 있었다. 제삼자가 보기에는
화낼 입장도 아니지만 본인은 '나는 로맨스, 너는
불륜'이라고 생각한다는 것을 알고 대해야 한다.
내로남불이 잘못된 태도라는 것을 스스로 알면
화가 안 난다. 나는 로맨스, 너는 불륜이라고
생각하기에 화가 나는 것이다. 아내 역시 '그때의 너는
불륜이었고, 지금의 나는 로맨스야'라고 생각하고
있을 것이다. 자신은 보지 않고 상대 탓만 하면

문제는 풀리지 않는다.

치료는 조심스럽게 이루어졌다. 도끼 잡은 손의
힘을 풀게 해야 한다. 도끼가 향할 대상만 바꾸게
해서는 절대 안 된다. 다리 저림과 근력 회복을 위해
절 운동을 권했다. 싸우려면 체력이 있어야 한다고,
체력 강화에는 절 운동으로 허벅지를 강화하는 것이
가장 효과적이라고 했다. 마침 장태광 님은 불심이
깊은 분이었다. 숙면을 위해 잠들기 전에 법륜 스님의
〈인생수업〉을 10분씩 읽기를 권했다. 감정에 휩싸여
있을 때는 보이지도 들리지도 않는다. 책의 중간에
이르니 감정도 어느 정도 가라앉았다. 마침 책에
이혼조정 중인 남편의 이야기가 나왔다. 장태광 님은
남의 잘못이 아니라 나의 잘못을 살피기 시작했다.
그동안은 절할 때 아무 생각 없이 20분 동안 몸만
움직였는데 절할 때마다 '감사하다', '행복하다'로
끝나는 말을 떠올리기를 권했다. '지붕 있는 곳에서
자서 감사하다', '아침에 눈 떠서 감사하다' 등 매번
다른 것을 떠올려야 한다고 했다. 20분이면 대략
100번 정도 절하는데 100개의 말을 떠올리는 것은
쉽지 않다. 그러나 하다 보면 얼마나 감사한 것이

많은지 알게 된다. 내 손가락 하나 하나가 온전한
것만으로도 감사하고, 절할 수 있는 것만으로도
감사하다. 감사한 줄 모르고 오만방자했던 나를
반성하게 된다. 10년을 살았든 1년을 살았든 이런
나와 함께 살아 준 사람에게 감사하게 된다. 내
생각이 맞다고, 내 행동이 옳다고 고개를 꼿꼿이
세우고 살면 스스로를 돌아볼 줄 모른다. 절하는
동작 자체가 나의 존재를 낮추는 행동이다. 우리는
상대한테 미안할 때 자연히 고개를 숙인다. 너무
미안할 때는 납작 엎드리게 된다. 마음이 행동을
이끄는 것이지만 때로는 행동이 마음을 깨닫게도
한다. 절을 하다 보면 내가 잘못 생각했다고, 내가
잘못 행동했다고 반성하게 되기도 한다. 얼마 되지
않아 장태광 님은 절하면서 계속 '미안하다'만 하게
되더라고 말했다.

　장태광 님의 가정에 불던 바람이 그쳤다. 그냥
잠시 바람이 불었던 것뿐이다. 일찍 결혼했던 장태광
님에게는 이미 장성한 자녀들이 있었다. 몇 년 뒤
자녀들이 혼인하고 장태광 님은 젊은 할아버지가
되었다. 첫 손주의 돌잔치를 했다며 휴대폰의 사진을

보여 주었다. 온 가족이 하얀 티셔츠를 맞춰 입고
사진관에서 찍은 사진도 있었다. 자신이 직접 준비한
티셔츠라고 했다. 장태광 님 부부가 손주를 안고
결혼한 자녀들에 둘러싸여 찍은 사진이 참 보기
좋았다.

아이들이 마음껏 뛰어놀아도 되는 사회

고등학교에 다니는 지현이는 생리통, 소화불량, 편두통을 호소했다. 편두통은 생리 기간 중에 특히 심했다. 복진을 해 보니 안 아픈 곳이 없었다. 몸 관리가 안 된 50대 같았다. 특히 명치와 흉곽 밑의 경직과 통증이 심했는데 이것은 스트레스가 심하다는 뜻이다. 문제를 어디서부터 풀어야 할까, 무엇이 최선일까 나도 고민이 됐다.

중고등학교에 다니는 여학생들에게 생리통은 매우 흔한 문제이다. 자궁근종이나 자궁내막증 등 원인이 뚜렷한 경우에는 초음파 검사나 복강경 수술이 도움이 될 수 있다. 그러나 이러한 질병이 원인이 아닌 경우에도 극심한 생리통을 호소하는 사람이 상당히 많다. 통증 양상은 천차만별인데 아랫배에

약간의 불편감만 느끼는 사람도 있는 반면 꼼짝
못하고 누워 있거나 응급실에 가야 할 정도로 많이
아파하는 사람도 있다. 월경 무렵이 되면 탈락된
자궁내막을 배출하기 위해 자궁과 주변 아랫배의
근육이 수축한다. 통증은 근육이 수축하면서
생긴다. 보통은 약간 뭉치는 정도여야 하는데 아예
쥐나듯이 뭉치기도 한다. 평상시에 아랫배를 만졌을
때 말랑말랑해야 하는데 단단하거나 통증이 있으면
생리 때 심하게 아플 가능성이 높다.

　근육은 말랑말랑해야 한다. 근육은 수축만 하는
것이 아니라 이완도 해야 한다. 내가 팔을 굽힐 때는
흔히 알통이라고 부르는 위팔두갈래근이 수축을
해야 하고 반대편의 위팔세갈래근은 이완해야 한다.
팔을 펼 때는 반대로 위팔세갈래근이 수축하고
위팔두갈래근은 이완해야 한다. 둘 다 수축해
버리면 이러지도 저러지도 못한다. 힘을 주었을
때만 단단해지고 평상시에 만지면 말랑말랑해야
건강한 근육이다. 그런데 이 근육의 질은 사람마다
천차만별이다. 오래 걷거나 격렬하게 뛰었을 때 어떤
사람은 약간의 근육통만 느끼는 반면 종아리가

뭉치거나 다리에 쥐가 나는 사람도 있다. 늘 산을
오르내리는 스님은 가볍게 발걸음을 옮기고 근육통도
겪지 않지만 몇 년에 한 번 학교나 회사의 행사
때문에 산에 오른 사람은 곤욕을 겪기 쉽다. 근육이
쉽게 수축해 버리고 이완되지 않기 때문이다.

　타고난 문제가 아니다. 아이들은 다들 잘 뛴다. 몇
걸음 안 되는 거리도 굳이 다 뛰어다닌다. 그래서
아파트에 사는 아이들은 "뛰지마!"라는 말을 많이
듣는다. 밖에 나가서 놀거나 1층인 집에 놀러 가면 물
만난 고기처럼 하루 종일 펄떡거린다. 그래도 몸살
나지 않는다. 우리가 계속 이렇게 뛰어 다녔으면 지금
10km 마라톤을 뛰어도 쩔쩔매지 않을 것이다. 그러나
우리는 중고등학교에 가면서 더는 뛰지 않게 되었다.
특히 운동량이 부족한 여학생들은 생리 때의 근육
수축에 심한 통증을 느끼기 쉽다.

　오래 앉아 있으면 다리로 내려간 혈액이 위로
올라오지 못하고 정맥에 머무른다. 혈액이 정류한
혈관은 울퉁불퉁해지는데 그것이 하지정맥류다.
어려서부터 내 종아리에도 기능을 잃은 정맥이
보였다. 오래 앉아 있었던 탓이다. 옛날의 내가 그랬듯,

학생이라서 마음껏 뛰어놀지 못하고, 여학생이라서
더 운동할 계기가 부족한 경우들이 있다.

　생리통, 다리 저림, 변비는 같은 문제로 온다.
생리통이 심한 것, 생리 주기가 일정하지 않은 것,
생리혈이 검붉게 엉키는 것도 원인은 대부분 같다.
정맥의 순환이 좋지 않으면 피부 표면의 정맥이
검푸르게 두드러져 보이기도 한다. 맑지 않은 혈액의
문제를 해결한다고 해서 한방에서는 어혈瘀血이라고
부른다. 지현이에게 원인을 설명 후에 한약을
처방하고 줄넘기나 계단 오르내리기 등의 운동을
권할 수도 있었다. 이것만으로도 대개 경과가 좋아서
만족도가 높다. 그러나 지현이에게는 이것만으로
부족해 보였다. 아직 고등학교 1학년인데 자퇴를
고민하고 있었다. 지현이는 공부 스트레스가 심했다.
경쟁에 내몰려 벼랑 끝에 있는 것 같았다.

　지현이의 어머니는 현명한 분이었고 지현이가
가지고 있는 심적 부담을 덜어 주려고 애쓰셨다.
그러나 지현이에게는 현실을 모르는 조언으로
들리는 것 같았다. 청소년은 자신의 정체성을
또래로부터 확인한다. 지현이는 담임 선생님의

배려로 자율학습은 하지 않고 있었지만 집에 와서도
문제집을 놓지 못했다. 친구들도 다 뛰고 있으니
불안한 것이다. 경쟁의 도식에 갇힌 지현이에게
어머니의 말은 잘 들리지 않았다. 필사할 책을
권하고 일주일에 두 번씩 만났지만 한의원에 오거나
필사하는 것 때문에 문제집 풀 시간을 뺏긴다고
느끼는 듯했다. 내가 하는 이야기 역시 지현이에게는
꼰대의 말로 들렸을지 모른다. 아이들도 이미 다 알고
있다. 입시, 취업으로 이어져 끝나지 않는 경쟁의
고리를.

　물이 탁한데 병든 물고기만 탓할 수 없다. 물을
맑게 하려는 노력이 필요하다. 아이들이 무한경쟁
속에서 혼자 뒤처질까 전전긍긍하지 않고 아프지
않고 건강하게 자라날 수 있는 사회를 만들
수만 있다면 가장 좋을 것이다. 그러나 어른들도
아이들과 마찬가지로 탁한 물속에 살고 있는 조금
큰 물고기이다. 각자도생의 사회에서 내 삶도
버거운데 사회를 바꾸자니 막막하다. 다른 집은
다들 아이들이 열심히 뛰게끔 독려하는데 나만 홀로
아이를 다른 길로 이끌려니 불안하다. 몇 년 전 읽은

책에서 한국인의 소득 상위 10%에 해당하는 사람의 연간 수입이 3,940만 원으로 월 평균 330만 원 정도였다는 통계를 보았다. 2010년 기준 개인소득자의 중위 소득은 1,074만 원이었다. 한 달에 90만원이 채 안 된다. 중위 소득으로는 생활이 곤란했을 것이다. 더 많은 소득을 위해선 좋은 대학, 좋은 직장이 필요하다. 그러나 상위 8%의 성적을 받아야 '인 서울'이라고 불리는 서울 소재의 4년제 대학에 진학할 수 있다〈시민의 교양〉에서 통계 재인용, 채사장, 웨일북, 2015. 그러니 '인 서울'에 목매달고 대기업과 공무원에 몰리는 것 이외에 대안을 제시하기 어렵다. 어쩌다 우리는 가장 즐거워야 할 십대 아이들마저 경쟁의 벼랑으로 내모는 사회에 살게 된 걸까. 지현이에게는 관심을 기울이는 부모님이 있지만, 무수히 많은 아이들이 건강을 해치며 경쟁 속에서 자신을 잃고 있다.

　한 번에 풀기도 어렵고 나 혼자 풀기도 어렵다. 사람 한 명의 병을 치료하기도 쉽지 않은데 사회의 문제를 단기간에 고칠 수는 없을 것이다. 비난하기는 쉽지만 대안을 제시하기는 쉽지 않다. 나는 아직도 아이들의 병을 어디서부터 풀어야 할지 고민이 된다.

내가 막힐 때 의지하는 것은 오래된 지혜다.
〈논어〉에 '군군신신부부자자君君臣臣父父子子'라는 말이
있다. '각자의 역할을 제대로 하라'는 뜻이다. 당장
눈앞의 큰 문제를 바로 해결할 수는 없더라도, 우리
사회 구성원이 각자의 자신의 역할만 제대로 해
나간다면 지금보다 나아지지 않을까?

아이를 키우는 부모로서의 나, 제도와 정책을
바꿀 수 있는 유권자로서의 나, 그리고 한의사라는
직업인으로서의 나. 사회 구성원으로서의 내 역할에
충실하며, 내가 만난 선량한 이웃들을 믿는 것.
미약해 보여도 그것이 아이들이 살아갈 사회를
바꾸는 가장 빠른 길이라 믿는다.

예스 키즈존

나에게는 약간 반발하는 기질이 있는데 처음
한의원을 열 때도 그랬다. 9평밖에 안 되는 공간에서
한의원을 한다고 하니 지역의 한의사회 분들이
방문했다. 이렇게 작은 데서 어떻게 하느냐며 염려해
준 분도 있었고, "장난하나 보지 뭐"라고 면전에서
말씀하시는 분도 있었다. 그 말을 듣고 속으로
'장난인지 아닌지 보여 주지'라고 마음먹었다. 나를
좀 더 진지하게 해 준 그분에게 감사한다.
'노키즈'라는 말도 내게 그런 반발심을 일으켰다.
이 말이 언제부터 있었는지 모르겠다. 경주에 내려와
사는 동안 늘어난 것인지, 내가 아이를 키우면서 새삼
알게 된 것인지 모르겠다. 좋은 카페, 좋은 음식점이라
하더라도 노키즈존이라고 표방한 곳은 가지 않는다.

아내가 아이들을 데리고 친정에 가거나 여행을
가면 나는 그동안 눈여겨봐 둔 새로운 음식점과
카페들을 탐방한다. 혼자 다닐 때도 노키즈존에 가지
않는다. 뭔가를 결심한 건 아니지만 마음이 불편했다.
아내는 게스트하우스를 할 적에 SNS 태그에 '예스
키즈존'이라고 썼다. 우리집에는 미취학 아이를 둔
가족이 주로 놀러 왔다. 운 좋게도 손님이나 아이들
때문에 맘 상한 적이 없었다.

한의원에도 아이를 맡길 데가 마땅치 않아서
아이를 데리고 내원하는 엄마들이 있다. 엄마가 침을
맞는 동안 다른 분들이 아이들을 데리고 놀아 주기도
하고 두 간호조무사 선생님들이 번갈아 아기를 안아
주기도 한다. 아이가 환자일 때만 반기는 것이 아니라
엄마들이 아이들을 편하게 데리고 올 수 있게 하고
싶었다. 그림책도 많이 두고 하마 모양의 스툴 안에는
장난감을 넣어 두었다. 여분의 기저귀가 없어서
곤란한 것을 보고는 기저귀도 준비했다. 두 선생님이
안아 주던 아기가 스스로 걷고 말하고, 유치원에
가는 것을 보았다. 각별한 환자분들과 아이들 사진을
한의원 복도에 걸어 두었는데 어느새 자란 아이가

자신의 아기 때 사진을 발견하고는 "엄마, 여기
나 있어"라고 말하기도 한다.

　부모에게 떼쓰는 것이나 아이의 지나친 행동을
부모가 제지하지 않는 것은 나도 불편하다. 그러나
그런 경우는 많지 않다. 아이가 자라는 것처럼 어른도
아이를 키우며 자란다. 우리는 시행착오를 겪으며
자란다. 운전하다 보면 '아이가 타고 있어요'라는
문구를 자주 본다. 아이가 타고 있으니 운전을
부드럽게 해도 양해를 부탁한다로 받아들인다. 간혹
그 문구와 별개로 급하게 운전하는 차량이 보인다.
'본인부터 운전을 조심하지. 자기 차에는 아이가 타고
있으니 나더러 조심하라는 말인가?' 하는 마음이
올라온다. 노키즈존이 그래서 생긴 건지도 모른다.
자기 아이가 함부로 행동해도 제지하지 않는 부모도
있다. '엄마'라는 따뜻한 말이 아니라 '맘충'이라는
혐오하는 말을 사용하는 사람도 있다. 운전할 때 다른
운전자에 대한 분노가 올라오더라도 오래 지속하지는
않는다. 화내 봐야 나만 피곤하다. '똥 마렵나 보다',
'오늘은 똥 마려운 사람 많네'라고 하는 게 속 편하다.
'맘충'이라는 말을 입에 담으면 내 마음이 팍팍해질 것

같다. 나를 위해서 그런 말은 쓰지 않는다.

황정현 님은 솔희가 아기 때부터 한의원에 오셨다. 아이를 낳고 나서 손목, 어깨, 허리, 여러 곳이 아팠다. 보통은 친정어머님이 함께 오셔서 번갈아 침을 맞는다. 친정어머니가 침을 맞는 동안 황정현 님은 솔희를 안고 조용히 노래를 불러 주었다. 참 아름다웠다. 솔희가 제 발로 서서 한의원에 들어오던 날 모두가 환호했다. 이제 다섯 살인 솔희는 말도 잘하고 잘 뛰어다닌다. 엄마가 침 맞는 동안 혼자 있을 줄도 안다. 그래도 호기심이 넘쳐서 다른 환자들을 기웃거린다. 침 맞는 동안 불 끄고 누워서 눈 좀 붙이려던 옆 방 박순애 님에게 솔희가 붙었다. 피곤했던 박순애 님은 오늘 코골며 잘 수도 있다고 말씀하셨기에 얼른 솔희를 데리고 나왔는데 어느새 다시 들어가 있다. 재차 데리고 나오니 이번에는 복도의 한약 냉장고를 열어 본다. 궁금한 게 많을 때다. 누구도 솔희를 나무라지 않았고 아무도 솔희엄마를 원망하지 않았다. 솔희를 본 적이 있는 박순애 님도 단잠을 방해받았지만 화내지 않았다.

아이를 보는 것은 즐겁다. 아기 울음소리도 좋다.

왜 이런 즐거움을 '노'라며 마다하는 것일까. 그중엔
아이를 곧 키울 사람도 있고, 아이를 키워 본 사람도
있다. 설령 아이를 키울 일이 없다고 하더라도 누구나
아이였을 때가 있었다. '노키즈'라는 말이 당연한
환경 속에서 아이가 자랄 수 있을까. 배려와 관용을
경험해 본 적이 없는 아이가 자랐을 때, 그에게 배려와
관용을 기대할 수 있을까. 배려와 관용을 잃어버리는
모습을 상상해 본다. 노환자존, 노장애인존, 노노인존,
노남자존, 노여자존….

경주에는 대형 카페가 많은데 가장 큰 카페인
벤자마스는 잔디밭이 넓어 아이들이 뛰어놀기 좋다.
물 흐르는 곳도 많아 아이들의 호기심을 자극한다.
안전을 이유로 2층은 노키즈존이지만 그건 배려라고
느낀다. 한의원에는 아픈 분들이 오기 때문에 당연히
예스 환자존이다. 노인 중에 환자가 많기 때문에 자연
예스 노인존이다. 생로병사는 누구나 겪는 것이니
나도 나이가 들고 병도 들 것이다. 병원 이외에도 여러
곳이 예스 노인존, 예스 환자존이길 바란다. 간혹
만나는 노노인존, 노환자존이 나를 배제하기 위한
것이 아니라 나를 배려한 곳이길 바란다.

마음 수선

김과옥 님의 손목에는 고통의 흔적들이 빗살처럼
있었다. 김과옥 님은 무척 마르고 건강도 좋지 않았다.
화사한 외모와 세련된 옷차림 때문에 김과옥 님의
속사정을 눈치 채는 분들이 적다. 그러나 그분의
양 손목에 있는 흔적들은 지나온 세월이 순탄하지
않았음을 알려 주었다. 때로는 "많이 힘드셨겠군요"
하는 섣부른 공감도 조심해야 한다. 조금만 건드려도
상처가 덧날 것 같은 때는 우선 뿌연 물이 가라앉도록
돕는 것이 우선이다. 일부러 바닥까지 휘저어
진흙탕을 만들 필요는 없다.

지금 폭풍이 부는 때가 아니라면 시간과 함께
바다는 잔잔해진다. 폭풍이 지나간 뒤에도 계속
소용돌이가 일고 있다면 누군가 휘젓고 있다는

뜻이다. '그 사람 때문에', '그 일 때문에'라는 생각은
과거의 폭풍 때문에 지금도 괴롭고 힘들다며 스스로
물을 휘젓는 것이다. 반가운 사람을 만나거나 기쁜
일이 생기면 잠시 과거의 기억에서 벗어난다. 그러나
혼자 있는 때가 되면 다시 옛 기억으로 괴롭다. 지금
물을 휘젓고 있는 사람이 나임을 아는 것이 중요하다.
치료의 과정은 과거의 일을 탓하며 내가 물을 휘젓고
있음을 자각하는 것이다. 자각을 해야 멈출 수 있다.

경제적으로 어려운 분들에게 제공되는
의료급여제도라는 혜택이 있다. 간혹 법의 맹점을
이용해 어렵지 않음에도 그 대상자가 되는 분들도
있지만 대부분은 어려운 분들이다. 이분들은 거의
비용을 내지 않기 때문에 과잉진료의 대상이 되기도
한다. 복용하는 약도 많고, 수술을 여러 번 받은 분도
있다. 가족이 있고 50대 초반임에도 김과옥 님은
의료급여 대상자였다. 파산을 겪은 데다가 이미
앓아온 병도 많았고 두통, 이명, 소화불량, 관절통,
불면증 등 현재 갖고 있는 증상도 많았다. 당장
일해야 하지만 일할 수 있는 몸이 아니었다. 꽤
오랫동안 공들여 치료해야 하는데 한약은 비보험이라

권할 수 없었고 의료급여 혜택을 받을 수 있는 침
치료밖에 할 수 없었다.

마음이 병을 만들기도 하고, 마음이 병을 가볍게
하기도 한다. 구멍난 옷을 수선하듯 몸도 수선해야
했고, 마음도 수선해야 했다. 김과옥 님이 스스로
할 수 있는 방법을 알려드렸다. 〈마음세탁소〉라는
책을 드렸다. 〈마음세탁소〉는 내 강박증을 치료해
준 한의사이자 내 스승 황웅근 선생님이 쓴 책이다.
마음 치료를 목적으로 49일에 걸쳐 20분씩 낭송할
수 있게끔 구성되어 있다. 치료 효과를 높이기 위해
김과옥 님에게는 단순히 책을 읽는 것이 아니라
필사해 오시라고 했다. 그리고 가끔씩 숙제 검사하듯
필사한 노트를 봐 드렸다. 김과옥 님은 얼마나 신이
나서 필사를 했는지 어깨 아픈 줄도 모르고 썼다고
했다. 정신없이 쓰다가 펜을 내려놓으면 허리, 어깨가
떨어질 듯이 아팠지만 필사를 시작하면 아프던
몸도 잊는다고 했다. 나도 말릴 정도였지만 점차
김과옥 님의 얼굴에 생기가 돌았다.

의자를 들고 있는 사람이 팔 아프다고 하면
어떻게 해야 하는가? 팔을 내려놓아야 한다. 어떻게

내려놓는가? 그냥 내리면 된다. 과거의 생각으로
괴롭다면 어떻게 해야 하는가? 생각하지 않아야 한다.
어떻게 생각하지 않는가? 그냥 안 하면 된다. 이렇게
말하면 모르는 소리 말라고, 생각을 멈출 수가 없다고
한다. 맞다. 멈출 수가 없다. 습관이 되었기 때문이다.
담배 피우는 사람이 "담배를 어떻게 끊어요"라고
하는 것과 같다. 담배 피우는 것이, 과거를 생각하는
것이 몸에 배었기 때문이다. 김과옥 님에게 필사는
내 마음을 휘젓는 생각을 멈추고, 마음의 평정을 찾아
나가는 방법을 익히는 시간이었으리라.

사실 김과옥 님에게 제안한 필사는 내가 해 왔던
방법이다. 영어 책 한 번 읽는다고 영어를 할 수 있는
것은 아니다. 내가 외운 단어, 내가 외운 문장만이
내 입 밖으로 나온다. 외우는 것이야말로 내 것으로
만드는 것이다. 학생 때부터 하루에 한 시간 이상은
마음에 새길 구절을 반복해서 적었다. 20문장 가량을
골라 놓고 외울 때까지 매일 썼다. 그렇게 외우고
있는 문장이 100문장이 넘는다. 내게 금과옥조가
된 문장들이다. 1년에 10문장씩 외운 꼴이니 많은
문장은 아니나 삶의 문제를 푸는 방법이 이 범위를

벗어나지 않았다. 지금도 매일 10분 타이머를 맞춰
놓고 아침 출근 전에 낭송을 하고 한두 문장을
필사한다. 그 문장이 그날의 내 화두가 된다.

김과옥 님은 같은 책을 세 번 필사하고 마지막에
필사한 노트는 내게 선물로 주셨다. 마음에 드는
시집을 발견하면 그것 역시 통째로 필사했는데
그 노트도 주셨다. 필사를 하면 금세 마음이
시원해진다며 기뻐하셨다. 필사하면서 몰두하는
재미를 느낀 김과옥 님은 복지센터에서 하는 민화
수업을 듣기 시작했다. 필사할 때처럼 신이 나서 몇
년을 하시더니 이제는 민화 작가가 되었다. 김과옥
님은 예전보다 살도 찌고 몸도 많이 좋아졌다.
무엇보다 마음의 안정을 찾았다.

나팔꽃 씨는 심어도 쉽게 싹트지 않는다. 초등학생
자연관찰용으로 나팔꽃 씨를 심으면 상심하기 쉽다.
며칠 동안 젖은 솜에 감싸 놔서 억지로라도 싹을
틔운 후에야 흙에 심어야지 그냥 흙에 묻어두면 방학
시작할 때까지 싹이 트지 않는다. 그렇기에 작년
가을에 땅에 떨어진 나팔꽃 씨가 봄에도 싹트지 않고,
장마철까지 가만히 있는다. 수풀이 무성해진 뒤에

싹튼 나팔꽃은 다른 초목들을 타고 넝쿨을 뻗어 쑥쑥
자란다. 봄에 싹텄으면 의지할 곳을 찾지 못하거나
낮은 곳에 머물렀을 것이다. 그러니 나팔꽃은 늦게
싹튼 게 아니라 제때에 싹튼 것이다. 그러니 내가 권한
것을 듣지 않는다고 남을 탓할 필요가 없다. 아직
제때가 아니기 때문이다. 제때를 만나면 나팔꽃처럼,
김과옥 님처럼 쑥쑥 자라날 것이다. 신나게.

필사를 권함

화병의 원인이 되는 감정은 대부분 분노다. 자녀를
잃은 슬픔 때문에 화병이 생긴 경우도 있었고,
과거에는 약자로서 사회적 차별을 받았던 여성이
속으로 분노를 삭이다가 화병을 얻는 경우도 많았다.
분노를 겉으로 표출하는 사람도 있고, 속으로 삭이는
사람도 있다. 요즘에는 화를 겉으로 표출하는 경우가
많아 분노조절장애라고 부른다. 분노는 불과 같다.
불의 속성은 태운다는 것이다. 일단 불길이 일면
밖으로 남을 태우든, 안으로 나를 태우든 어떤
것이든 태운다. 불태우면 남는 것은 재뿐이다. 우리는
한 사람의 분노가 숭례문을 불태우는 것도 보았다.
(2008년 당시 69세였던 채종기가 토지보상 문제에
불만을 품고 숭례문을 방화하여 전소된 사건으로
진화 장면이 생중계되었다.)

똑같이 사람을 한 대 때리더라도 생기는 감정은
다를 수 있다. 노예가 주인에게 맞을 경우에 생기는
감정은 두려움이다. 서로 동등한 입장일 때는 분노가
생긴다. 상황만이 감정을 만드는 것이 아니다. 생각이
감정을 증폭시킨다. '내가 옳다'는 생각이 강할수록
분노는 더 강해진다. 분노에 휩싸이다 보면 합리적인
판단에서 멀어진다. '내가 옳다'는 생각 때문에
분노가 강해진 것인데 나중에는 "내가 이렇게 화난
걸 봐라. 저 놈이 얼마나 잘못했으면 내가 이렇게
화내겠냐"라며 자신이 분노했다는 사실을 자기
정당성의 근거로 대기도 한다.

일반적인 반응이 아닐 때 우리는 미쳤다고 한다.
장례식에서 웃고, 잔칫날 통곡하는 게 미친 것이다.
그러나 훨씬 흔한 상황은 감정이 증폭된 경우다.
상황에 맞는 감정이더라도 감정의 정도가 지나치면
역시 병이다. 10만큼 기쁠 일에 100만큼 기뻐하는
것은 조증, 10만큼 슬플 일에 100만큼 슬퍼하는
것은 울증, 두 가지가 왔다 갔다 하면 조울증이다.
지나친 감정의 저변에는 완고한 생각이 뿌리내리고
있다. '내게는 불행한 일이 일어나서는 안 돼'라든가

'남이 나를 무시해서는 안 돼'라는 생각이 강할수록
우울증에 빠질 가능성이 높다. 분노 또한 마찬가지다.
누구나 화가 날 수 있지만 지나친 화는 병을 불러온다.

사과가 떨어지는 것을 보고 '왜 사과가 위에서
아래로 떨어질까?'라는 물음에서 만유인력을
발견했듯이 '왜?'라는 질문은 인류 문명을 발전시켰다.
그러나 이것 역시 잘못 물으면 개인에게 지독한
괴로움만 준다. 선천적으로 병을 갖고 태어나거나,
사고로 장애를 얻은 경우 '왜 하필 내게 이런
일이?'라는 질문은 아까운 인생을 허비하게 한다.

나는 감정에 휩쓸려 아이를 야단치는 일이 잘
없는데 하루는 이성의 끈을 놓치고 감정에 휩쓸렸다.
감정이 가라앉으니 제정신이 돌아오는 것을 느꼈다.
이때 '왜 이런 상황이 생겼을까'라고 묻지 않고
'이 문제를 어떻게 풀까' 생각했다.

생각을 바꾸는 데 가장 좋은 방법은 다른 생각을
체화하는 것이다. 바른 생각을 계속 들으면 닮아
간다. 바른 생각을 담은 말을 외우면 내 생각과
감정에 휩싸이다가도 등대 불빛처럼 외우고 있는
말이 방향을 바로잡게 해 준다. 그 말을 외우는 가장

좋은 방법이 필사다. 환자들에게도 권하는, 내가 가진 치료법 중에 가장 위력이 있는 방법이다.

가장 시간과 노력이 많이 들지만, 그만큼 효과가 좋다. 쓰기에 어려움을 호소하는 분들께는 낭송을 추천하기도 하고, 짧은 영상을 보고 내용을 정리해 보라고 권하기도 한다.

아무 책이나 필사해서는 효과가 나지 않는다. 책 선택에 어려움이 있다면 책 처방에서 권한 책들이나 인문 고전을 권한다. 꾸준함이 중요하다. 같은 책을 세 번 이상 반복하면 더 좋다. 좋은 책은 거듭 읽을 때마다 눈에 들어오는 문장이 달라진다. 읽는 동안 내가 성장하기 때문이다. 매일 30분 줄넘기를 3개월 한다고 크게 몸이 바뀌지는 않지만 3년을 하면 반드시 몸이 좋아지듯, 좋은 책을 꾸준히 필사하면 반드시 마음이 달라진다. 몸에 좋은 영양제를 찾아 먹듯, 마음에도 유익한 양식을 찾아 더 많은 사람이 몸과 마음의 건강을 지킬 수 있으면 좋겠다.

노怒

: 내 안의 화를 다스리는 책 처방

충고와 잔소리의 차이는 뭘까? 똑같이 "차
조심해"라고 말하는데 이제 막 연애를 시작한 연인이
하면 듣기 좋고, 나이든 부모님이 하면 듣기 싫다.
"차 조심해"라는 말 자체에는 차이가 없다. 내가 듣기
좋으면 충고이고 듣기 싫으면 잔소리다. 받아들일
준비가 되어 있을 때 들으면 기쁘지만 받아들일
생각이 없는데 들으면 화가 난다. 참고 참고 참다가
폭발한다. 잔소리 좀 그만해! 일단 화가 나면 불길에
휩싸인 것처럼 걷잡을 수 없다. 내가 화가 났으니
네가 잘못한 거다. 이 결론이 맞으려면 숨어 있는
전제가 맞아야 하는데 틀릴 가능성이 매우 높다.
나는 완전무결한 존재가 아니다. 나의 감정은 전혀
합리적이지 않다. 기쁜 일에 적절히 기뻐하고 화낼
일에 적절히 화내는 사람을 성현이라고 부른다.

공자, 부처, 예수 같은 분들이다. 나는 성현이 아니다.
그러니 내가 화가 난 이유를 상대가 잘못했다는
근거로 쓸 수 없다. 그러나 화가 나면 이성적인
판단이 불가능하다. 욕설하고 고함지르고 때로는
주먹다짐도 한다. 어찌할 수 없다. 이럴 때는 시간이
지나 완전연소될 때까지 기다려야 한다. 잿더미가 된
인간관계 위에서 스스로를 돌아보며 '내가 이것밖에
안 되었나'라며 분노해야 한다. 이럴 때 잿더미 위에서
다시 초록 싹이 돋고 이 결심을 오래 지속하면 푸른
숲을 이루게 된다. 이것이 제대로 분노를 활용하는
방법이다.

　기쁨이 폭발한다거나 슬픔이 폭발한다고 말하지
않는다. 오직 분노에 대해서만 폭발한다는 표현을
쓴다. 감정 중에서 가장 강력한 힘을 가진 것이
분노다. 분노를 화_火라며 불로 표현하는 이유이다.
분노는 남을 향해서 내뿜을 때는 파괴적인 힘을
갖는다. 그러나 불길은 나를 밀어 올리는 데 써야
한다. 로켓처럼 저 높이, 저 멀리 우주를 향해
올라가게끔 스스로의 변화를 일으키게끔 써야 한다.

아직 로켓으로는 쓰지 못하더라도 이제 미사일은
되지 말아야겠다고 결심했다면 분노를 어떻게
다스릴 수 있을까 고민할 것이다. 여러 차례 잿더미를
경험한 덕분이다. 다행이다. 이제 불길이 어느 정도
가라앉았으니 들을 마음가짐이 되었을 것이다.
잔소리가 아닌 충고로 받아들일 준비가 되었으니
비로소 도움이 되는 분들을 소개할 수 있다. 잿더미
속에서 연둣빛 새싹이 돋을 것을 기대하니 기쁘다.

〈청소기에 갇힌 파리 한 마리〉 멜라니 와트 + 김선희 역

여유당, 2016

파리 한 마리가 진공청소기에 갇혔다. 파리가 분노하다가 절망에 빠지는 과정을 그림책으로 재미있게 보여 준다. 호스피스 운동을 처음 시작했던 정신과의사 엘리자베스 퀴블러 로스가 말한 마음의 변화 과정이다. 그는 살아가면서 뜻밖의 큰 변화나 상실에 맞닥뜨렸을 때 '부정-분노-타협-절망-수용'의 과정을 거친다고 보았다. 그림책에서는 내가 마음에 들지 않는 타인이나 환경에 대해서 분노하다 보면 앞으로 어떻게 될지 보여 준다. 엘리자베스 퀴블러 로스의 다른 책들도 무척 좋은데 애흉의 책 처방에서 소개하겠다.

〈닉 부이치치의 허그〉 닉 부이치치 + 최종훈 역

두란노, 2010

내가 사고로 팔 다리를 잃거나 아예 팔 다리가 없는 상태로 태어났다면 어떨까? "왜 하필 내게 이런 일이!"라며 분노하다가 "이제 나는 제대로 살 수가 없어"라고 절망에 빠지기 쉬울 것이다. 그러나 모든 사람이 그렇지는 않다. 호주에서 태어난 닉 부이치치는 태어나면서부터 머리와 몸만 있었다. 그는 커 갈수록 다른 아이들과 차이점을 느껴 8살 때 우울증으로 자살까지 시도했었다. 그러나 장애로 어려운 사람이 자신만이 아닌 것을 알게 된 후 지금은 전 세계를 다니며 강연한다. 나는 그와 같은 장애가 없음에도 좌절감을 느끼거나 분노할 때가 있었다. 어떻게 하면 그처럼 긍정적인 힘을 갖게 될지 궁금했다. '이 사람은 이래서 이렇게 살 수 있구나' 하고 그를 이해하는 것에서 멈추고 싶지 않다. 그의 장점을 배우고 싶다. 그래서 내 것으로 만들고 싶다. 전처럼 분노와 절망에 빠질 수는 없다!

〈불행 피하기 기술〉 롤프 도벨리 + 엘 보초 그림 + 유영미 역

인플루엔셜, 2018

굳은 결심을 했더라도 한 번에 에베레스트를 등반할 수는 없다. 동네 뒷산부터 익숙해진 뒤에 이 도시에서 높은 산을 시도해 보고, 그렇게 여러 차례 반복 후 이 나라에서 높은 산에 도전해야 한다. 한 걸음 한 걸음 탄탄하게 내딛겠다고 마음먹으면 이 책이 도와줄 수 있다. 레벨 10에 대한 이야기는 하고 있지 않지만 레벨1, 2, 3을 충실하게 설명해 주고 있다. 레벨1이라고 만만한 것이 아니다. 레벨1을 완벽히 한다면 레벨2를 하게 되고, 레벨3에 이르면 레벨10을 향해 갈 수 있는 힘을 얻는다. 책을 한 번에 쭉 읽고는 52가지의 이야기를 52일에 걸쳐 다시 읽었다. 하루하루 책에서 배운 것을 실천하려고 했다. 완벽하지 않아 다시 52일을 읽었다. 그래도 완벽하지는 않지만 전보다 내가 나아졌음을 느꼈다. 만약, 이 책을 읽고 화가 난다면 덮어도 괜찮다. 아직 잔소리로 여겨지니 시간이 좀 더 필요하다.

〈하루 세 줄, 마음정리법〉   고바야시 히로유키 + 정선희 역

지식공간, 2015

이 말도 저 말도 귀에 들어오지 않는다면 이 방법부터 실천해 보자. 하루 세 줄만 일기를 쓰는 거다. 잠들기 전, 하루의 시상식을 연다. 오늘 최악의 일을 꼽아 본다. 숱하게 떠오르더라도 그중 1등만 꼽아 본다. 그리고 그 일만 딱 한 줄로 적어 보자. 알지 않는가, 1등만 기억하는 세상이라는 거. 나도 1등을 빼고는 싹 잊자. 참, 1등도 굳이 기억할 필요 없다. 적어 놨으니까 안심하고 잊자. 이제 두 번째 시상식을 해야 한다. 오늘 가장 좋았던 일을 꼽아 보자. 쥐어짜면 하나는 나온다. 날씨가 맑았다든지, 오늘도 내가 하루를 견뎠다든지. 세 번째 시상식은 내일 할 일을 하나만, 한 줄로 적는 것이다. 고등어 사 오기도 좋고, 유리창 닦기라도 좋다. 이 세 가지를 적을 때 순서를 바꿔서는 안 된다. 그리고 2주일만 매일 해 보라. 이것의 효과가 무엇인지 궁금하다면 이 책을 번역한 정선희 님이 출연한 〈세상을 바꾸는 시간 15분〉 동영상을 찾아보시라. 맞다, 당신이 알고 있는 그 정선희다. 마음 아픈 일을 겪고도 꿋꿋이, 밝게 살아가는 그분이다. 억울하고 절망적인 상황에서 그분이 몸소 경험한 방법이 우리에게도 도움이 될 것이다.

〈나는 내가 좋은 엄마인줄 알았습니다〉
앤절린 밀러 + 이미애 역

윌북, 2020

'내가 옳다'는 생각이 강하면 다른 말이 귀에 들어오지 않는다. 영화에서 가장 큰 반전은 범죄를 파헤치던 사람이 범인이고, 귀신을 쫓던 사람이 귀신일 때이다. 영화가 끝날 때까지 관객도 몰랐지만 자신들도 스스로가 범인인 줄, 귀신인 줄 모른다(영화 제목을 얘기하면 스포일러가 되니 허벅지를 꼬집으며 참는다). 우리의 인생에서도 그렇다. 남 탓만 하고 있었는데 사실은 내 잘못일 때 인생의 가장 큰 반전이 생긴다. 내가 분노에 휩싸여 누군가와 싸우거나 세상을 원망했다면 영화 속 주인공이 되기 쉽다. 자신이 범인인 줄 깨닫고 오열하거나, 자신이 귀신인 줄 깨닫고 절망하는 결말에 이르게 된다. 학술적으로 파고드는 것을 좋아한다면 애덤 모턴의 〈잔혹함에 대하여〉도 권한다.

〈마음세탁소〉 황웅근
정신세계사, 2013

잿더미를 여러 차례 경험하면 이제 힘이 빠진다. 잔불이 남아 있더라도 이제는 불쏘시개가 없다. 내가 범인인 걸 알고 나면 이제 스스로 풀려는 노력을 포기하고 외부의 도움을 청하게 된다. 귀가 열리니 이제 충고를 들을 자세를 갖춘 것이다. 이 책은 마음공부에 가장 애용하는 책인데 하루 20분씩, 7주에 걸쳐서 읽을 수 있는 구성이다. 환자들에게 권할 때는 보통 2~3회 반복해서 3~6개월간 읽도록 독려한다. 맹숭맹숭한 것 같지만 오래 씹으면 단맛이 나는 밥처럼 반복해서 읽을수록 진가가 드러난다. 밥이 내 몸을 건강하게 하듯 책이 내 마음을 건강하게 하는 경험을 할 수 있다. 이렇게 읽은 분들은 주변에 여러 권 선물한다. 2013년에 초판이 출간되었고 광고한 적도 없다. 3년이면 보통의 책은 절판되는데 8년이 지난 지금도 꾸준히 중쇄를 찍어서 출판사에서 신기하게 여긴다고 한다. 나는 신기하다고 생각하지 않는다.

〈법륜 스님의 행복〉 법륜

나무의 마음, 2016

〈마음세탁소〉와 함께 많이 권하는 책이다. 종교색이 전혀 없어서 누가 읽어도 좋다. 마침 큰 글씨 책이 있어서 노안으로 독서를 어려워하는 분께도 괜찮다. 법륜 스님의 책이 꽤 많아서 독자의 상황에 따라 추천하기도 한다. 경쟁에 지친 청년에게는 〈나는 괜찮은 사람입니다〉, 연애나 결혼에 어려움을 겪는 이들에게는 〈스님의 주례사〉, 아이를 키우는 부모에게는 〈엄마 수업〉, 노년에 접어들어 울적한 기분이 드는 분께는 〈인생수업〉을 권한다. 긴 글을 읽기 어렵다면 〈지금 이대로 좋다〉도 좋다.

〈고혈압, 3개월에 약 없이 완치하기〉 유태우, 비타북스, 2013

〈나는 괜찮은 사람입니다〉 법륜, 드로잉메리 그림, 정토출판, 2020

〈나는 내가 좋은 엄마인줄 알았습니다〉 앤절린 밀러, 이미애 역, 윌북, 2020

〈낭송의 달인 호모 큐라스〉 고미숙, 북드라망, 2014

〈낭송 동의보감〉 허준, 고미숙 기획, 북드라망, 2014

〈닉 부이치치의 허그〉 닉 부이치치, 최종훈 역, 두란노, 2010

〈마음세탁소〉 황웅근, 정신세계사, 2013

〈법륜 스님의 행복〉 법륜, 최승미 그림, 나무의마음, 2016

〈불행 피하기 기술〉 롤프 도벨리, 엘 보초 그림, 유영미 역, 인플루엔셜, 2018

〈스님의 주례사〉 법륜, 김점선 그림, 휴, 2018

〈엄마 수업〉 법륜, 이순형 그림, 휴, 2011

〈우리 가족 건강 주치의〉 이대근, 서울대학교병원 가정의학과 엮음, 하서, 2010

〈인생수업〉 법륜, 유근택 그림, 휴, 2013

〈잃어버린 치유의 본질에 대하여〉 버나드 라운, 이희원 역, 책과함께, 2018

〈잔혹함에 대하여〉   애덤 모턴, 변진경 역, 돌베개, 2015

〈지금 이대로 좋다〉   법륜, 박정은 그림, 정토출판, 2019

〈청소기에 갇힌 파리 한 마리〉   멜라니 와트, 김선희 역, 어유당,

2016

〈하루 세 줄, 마음정리법〉   고바야시 히로유키, 정선희 역, 지식공간,

2015

〈허허 동의보감〉   허영만, 시루, 2013

세 번째 책 처방

애哀

누구도
혼자가
아니다

동네 사람

나는 서울 종로구에서 오래 살았다. 내가 스무 살까지
종로6가에서 살았고 부모님은 명륜동으로 이사한
지 20년이 넘었다. 종로6가에서 명륜동까지는 2km
정도밖에 되지 않는다. 하지만 동네에 내 단골가게는
거의 없다. 어릴 적에 주로 다니던 서점 도매 상가와
청계천 헌책방은 사라졌고, 도심 공동화를 심하게
겪은 초등학교 주변의 문방구와 상점도 사라졌다.
나를 아는 사람, 내가 아는 사람도 많지 않다. 집에서
전철역까지 걸어가는 동안 사람은 많이 지나치지만
아는 사람을 만나는 경우는 거의 없었다. 나는 익명성
속에서 살았다.

경주에 와서 놀란 것은 익명성이 없다는 것이다.
인구가 적기도 하지만 사람들의 행동에도 차이가

있다. 경주에서 한의원 인테리어 공사를 하는 중에
사람들이 수시로 들어왔다. 너무 당당하게 들어오고
살펴 봐서 내가 모르는 작업 인부인가 싶었다. 경주에
연고가 없는 우리 부부의 지인일 리는 없었다. 모두
동네 사람이거나 그냥 지나가던 사람들이었다. 서울
혜화의 대학로에는 끊임없이 가게가 사라지고 새로
생긴다. 인테리어 중인 가게가 늘 있다. 공사 중에
생기는 먼지와 냄새를 피하기 위해 종종걸음으로
둘러 가는 일은 있어도 그 안을 기웃거린 적은 없다.

　경주로 온 후에는 나도 그 행동을 닮아서 새로
생기는 가게에 자주 기웃거렸다. 어느 날은
음식점으로 공사 중인 집에 들어가 미리 가게도
둘러보고 주인에게 당당히 요구해서 메뉴판도 봤다.
주인 내외의 인상이 좋았다. 지금의 '월지향'이고,
보규와 보경이의 집이다. 보규, 보경이의 아빠,
엄마인 권중석, 김소연 님은 한의원 단골이 되었다.
나와 한의원 식구들이 월지향에 가면 꼭 떡갈비
서비스를 주신다. 나는 두 분이 한의원에 오면
쌍갈탕으로 답례한다. 초등학교 5학년인 보경이는
그냥 지나가다가도 한의원에 들어와 사탕을 집어

간다. 여름이면 우리 아이들과 함께 수영장이나
극장에 간다.

　나는 한의원이 있는 양쪽 길가의 점포를 눈을
감고도 열거할 수 있다. (지금부터 나오는 이웃의
성함은 모두 가명임을 밝혀 둔다.) 황오미용실의
정혜은 님은 우리 단골인 배성환 님과 연인이다. 내가
처음 봤을 때도 10년 넘게 사귀었다는데 내가 이사온
지 9년이니 이제는 20년이 넘었을 거다. 그 옆 자전거
가게 주인인 김규석 님의 업력은 40년이 넘었고
이 길가에서 가장 오래된 점포이다. 딸은 병원에서
간호사로 일하고 아내 분은 터미널 근처 마트에서
일한다. 맞은편의 양념통닭 가게는 아내가 아주
좋아하는 집이다. 치킨을 주문해 뒀다가 한의원 직원
분들이 퇴근할 때 드리기도 한다. 주인인 최중철 님은
동네 통장도 맡고 있다. 알바생이 근무하는 보통의
편의점은 단골이 되기 쉽지 않겠지만 CU 편의점은
내 단골이다. 낮에는 주인인 권은정 님이 항상 계시기
때문이다. 편의점에서 황오미용실 정혜은 님을 만날
때도 자주 있다. 한눈에 미용실이 보이니 손님이
없을 때는 편의점에 와서 놀다 가시곤 한다. 그 옆의

세탁소에는 바짓단을 줄이거나 운동화 세탁을 맡기러
종종 간다. 주인 분의 얼굴빛이 윤기 없는 검은색이라
늘 염려되었는데 몇 년 전에 큰 수술을 받으셨다.
지금도 건강히 일하고 계시니 다행이다. 대성식품의
이기숙 님은 한의원 공사 때부터 늘 관심을 많이
가져 주신 분인데 열무국수가 맛있는 우정식당의
강명희 님과 절친하다. 두 분은 쌍꺼풀 수술도 함께
하셨다. 신선탕의 안금숙 님은 우리에게 먹을 것
선물도 자주 갖다 주시고 좋은 소문을 많이 내 주셔서
목욕탕에서 소개받고 왔다는 분들이 많다. 행복탕의
손화자 님은 패션 감각이 좋고 꽃도 참 잘 가꾸신다.
무척 인자한 분이어서 우리 아이들의 목욕비를 깎아
주시거나 요구르트도 자주 쥐어 주신다. 불교서적
이영주 님도 동네에서 오래 사신 분인데 한의원이 이
동네에 있는 것이 무척 기쁘다고 자주 말씀해 주신다.
이영주 님 덕분에 오신 분들도 많다. 동네의 모든 가게
주인 분들이 부지런하시지만 유독 눈에 띄는 분이
있는데 사랑미용실의 김윤숙 님이다. 그곳 역시 동네
사랑방이라 늘 사람들로 붐빈다. 항상 웃는 낮이어서
나는 그분의 웃지 않는 표정을 떠올릴 수가 없다.

김윤숙 님은 이웃인 황오국수의 황정옥 님이 가게를
정리하셔서 좀 서운해 하신다. 황정옥 님은 그렇게
권해도 운동하거나 체중을 줄이지 못하다가 당뇨약을
처방받으면서 열심히 걸어 다니기 시작하셨다.
체중도 줄고 혈압약, 당뇨약 복용량도 크게 줄었다.
황정옥 님이 가게를 정리할 때는 나도 무척
서운했는데 근처에 살고 계셔서 이후에도 종종
뵙는다.

　나는 두 아이의 백일과 돌, 명절, 날이 좋아서,
날이 흐려서 등 핑계거리가 있을 때마다 떡을 자주
맞추는데 주변 가게에도 돌릴 만큼 넉넉히 주문한다.
떡을 들고 주변 가게를 드나드는 것이 무척 즐겁다.
내친 김에 스쿠터를 타고 다른 곳에 있는 단골
가게들까지 가기도 한다. 동네의 점포 외에도 단골
가게가 많다. 시내의 식당 오이시는 본래 돈까스를
먹으러 가던 곳이었다. 나는 초밥을 좋아하지 않는데
오이시가 초밥집으로 바뀐 후에는 7주 동안 매주 갔다.
나이도 나와 비슷하고 업력이 20년이 넘은 권헤어는
마음 편하게 가는 미용실이다. 보경이의 할머니인
최필순 님이나 내가 좋아하는 한정식집에서 근무하는

유경미 님은 모두 한의원 단골이면서 나와 같은
미용실에 다닌다는 친밀함도 갖고 있다. 서울에서 살
때는 몰랐던 즐거움이다.

경주에서 나고 자란 분들은 경주가 좁아서
'갑갑하다', '소문이 쉽게 퍼진다'라는 불편함을
얘기하기도 하지만 익명성 속에서 생활하다 경주에
온 나는 이런 친밀함이 무척 좋다. 지인들을 데리고
잘 아는 가게라며 갔을 때 주인이 반겨 인사하고
서비스를 제공해 줄 때 느끼는 뿌듯함이랄까. 이웃이
주는 편안함과 자신감을 느끼며 산다. 지금은 어디에
가든 '여기는 아는 사람 없나?' 하며 반가운 마음으로
둘러보고 반갑게 인사한다. 경주 근교에 놀러가도
아는 분들을 만나곤 한다. 대구의 수족관에서도,
울산의 십리대숲길에서도, 포항의 구룡포 거리에서도
아는 분들을 만나면 그렇게 신기하고 반갑다.

집도 한의원도 같은 동네에 있다. 10분 거리의
시내에 걸어 나가는 동안에도 반드시 아는 사람을
만나고 인사를 나눈다. 그분들이 한의원에 오시고
나는 그분들의 가게에 간다. 새로 한의원에 오시는
분들도 모두 누군가의 가족, 누군가의 친구이다.

잠깐의 이득에 눈이 어두워져 이분들을 속이는 일을
한다면 어리석은 일이다. 소변이 마렵다고 전봇대
앞에서 바지를 내리지 않는다. 참고 화장실로 간다.
참지 않으면 그때는 시원할 수 있으나 오래도록
부끄럽다. 참으면 잠깐 힘들 수 있으나 부끄러움이
남지 않는다. 아는 사람들에게 둘러싸여 살다 보니
길을 가다가 침을 뱉고 싶어도 하수구 구멍이라도
찾은 후에 뱉는다. 혼자 있을 때도 몸가짐을 바르게
하는 것을 신독愼獨이라고 한다. 신독을 권하는 이유는
전봇대보다 화장실을 찾는 것이 내게 좋듯이 신독이
내게 좋기 때문이다. 나는 어리석어 그러기 어렵다.
틈만 있으면 요행을 부리려고 한다. 다행히 동네에
아는 사람이 많으니 전보다 몸가짐이 조심스럽다.
덕분에 내가 전보다 나은 사람 같다.

　내 딸들은 처음부터 이런 동네에서 나고 자라서
나와 다른 느낌을 가질지도 모른다. 아이들이
학교에서 무슨 일이 있었는지, 등하굣길에 무슨 일이
있었는지 나와 아내의 귀에 들어올 가능성이 매우
높다. 그것은 고자질이 아니라 아이들이 다치지
않고 자라길 바라는 관심의 말들일 것이다. 내가

느낀 것처럼 아이들이 갑갑함이 아니라 안도감을
느끼며 자라려면 어떻게 해야 하나 아내와 종종
이야기를 나눈다. 비슷한 지혜로는 시원한 답을
얻지 못한다. 다행히 이런 역할을 해 주시는 분들이
있다. 나와 아내는 법륜 스님의 강연 영상을 보다가
해답을 얻었다. 들어도 못 들은 척, 알아도 모른 척
하는 것이다. 내가 그러했듯이 아이들은 미숙하다.
부득이 시행착오를 겪을 것이다. 작은 일들은 그들이
시행착오를 겪을 수 있도록 놓아 두어야 한다. 그래도
계속 관심을 기울이는 것은 큰일에 대한 신호가
있을 때 도와주기 위함이어야 한다. 그래서 아이들이
감시가 아니라 관심 속에 자라길 기대한다. 그래서
나중에 자신이 사는 동네에서 자신의 역할을 해서
이웃으로부터 보호받고 이웃에게 도움을 줄 수 있는
동네 사람이 되길 바란다.

혼자가 아니다

명호는 내가 무척 아끼는 후배인 터라 흔쾌히 명호의 결혼식 사회를 맡았다. 대학 동창인 두 사람 모두 다복한 환경에서 자란 선남선녀인 데다가 좋은 직장에 다녀 앞날이 밝아 보였다. 결혼한 지 얼마 되지 않아 명호는 사고로 배우자를 잃었다. 장례를 치르고 수개월 후에도 명호는 무척 괴로워하다가 내게 상담을 요청했다. 진료하다 보면 드물지 않게 이런 일들을 본다. 가족이 함께 내원하다가 갑자기 사고로 별세한 분의 소식을 듣기도 하고, 가족을 잃고 괴로워하던 분들이 소개를 받아 내원하기도 한다. 슬픈 일은 슬퍼해야 한다. 기쁜 일에 슬퍼하고 슬픈 일에 기뻐하는 것이 병이지, 슬픈 일에 슬퍼하는 것은 병이 아니다. 그러니 이런 경우에는 그저 공감해 주는

것이 내가 할 일이다. 하지만 한계는 있다. 내가 그의
상황이라면 어떨까 하는 상상으로 상대의 감정을
느끼려고 하거나 나의 경험으로 미루어 심정을
짐작하지만 여전히 나는 그가 아니다. 경험은 언제나
개별적이기에 "나도 그 마음 안다"는 것은 위험한
접근이다. 쌍용차 사태나 세월호 사고 등 사회적
재난 현장에 있었던 정신건강의학과 전문의 정혜신
박사는 〈죽음이라는 이별 앞에서〉에서 "그때 마음이
어땠어?", "그래서 그렇구나" 하고 따뜻한 관심과
동의만 표현하라고 말한다. 말보다 따뜻한 밥상을
차려 주라고 말한다. 경험에서 나온 탁견이다.

　오랫동안 괴로워하던 명호는 시간이 많이 흘러
다시 좋은 사람을 만나 가정을 이루었다. 명호가
아기를 데리고 방문했을 때 나는 무척 기뻤다. 명호가
좋아하는 보쌈을 사다가 함께 먹었다. 다른 가족들이
잠들고 명호와 나만 남아 술잔을 기울일 때 명호는
행복하게 살다가도 문득 괴롭다고 했다. 자신이
행복하게 사는 것이 너무 미안하다고, 대학 동창인
친구들을 만나면 괴로운 마음을 털어놓고 싶기도
하지만 누구도 먼저 이야기를 꺼내지 않는다고 했다.

마치 없었던 사람처럼 아무도 말하지 않는 것이
밉기도 하다고. 몇 년 만에 처음으로 옛일을 말한다며
명호는 눈시울을 붉혔다. 우리는 모두 서툴다. 아픔을
겪는 사람도 서툴고, 곁에서 그 사람을 지켜보는
사람들도 서툴다. 우리는 종종 내색하지 않는 것,
상처를 건드리지 않는 것으로 배려하곤 한다. 때로
이러한 배려가 그를 외롭게 만들기도 한다. 자신만
기억하고 있는 것 같고, 자신만 아파하고 있는 것
같다. '나도 없어져야 하는 걸까' 하는 잘못된 결론에
도달하기도 한다.

　다음날 감정이 가라앉은 후에 명호에게 이런
이야기를 했다. 우리가 먹었던 보쌈 가게의 주인
부부는 수 년 전 사고로 자녀를 잃었다. 몇 년이
흘러도, 일부러 몸이 힘들 정도로 바쁘게 일해도
슬픔에서 벗어나기 어려웠다. 몸이 많이 상한 아내가
안쓰러워 남편은 아내를 데리고 한의원에 내원했다.
아내 분을 치료하던 중 어느 날 한 번은 방에 앉아
계신 네 분 중 세 분이 모두 자녀를 잃은 경험이 있는
분들이라는 것을 알게 되었다. 물론 그분들은 서로
그 사실을 알지 못했다. 시간이 흐른 뒤 그분들이

어느 날인지 모를 즈음에 언젠가 같은 방 안에 자녀를
잃은 분들이 함께 있었음을 말씀드렸다. 부디 혼자가
아니라는 것이 위안이 되길 기도하면서.

　나도 보쌈 가게 부부에게 일어났던 일을 잊지
않았다. 가끔 그 가게에 들러 주문할 때면 그분들이
용기 내어 꿋꿋하게 사시길, 행복하시길 기원한다.
그분들의 다른 이웃들도 같은 마음일 것이다.

　70대의 허혜선 님과 정겨운 님은 한의원에서
단짝이 된 분들이다. 허혜선 님에게 침을 놓으려는데
정겨운 님이 "오늘은 다른 것 말고 몸살 좀 봐
주소"라고 알려 주신다. 허혜선 님의 딸이 다녀갔는데
음식을 해 주다가 몸살이 났다고 한다. "그러니까
집에서 해 먹지 말고 밖에 나가서 사 먹으라니까.
그 고기 사 놓은 거 구워 준다고 하니까 몸살이
났지"라며 정겨운 님은 허혜선 님을 타박한다. 친구가
몸살 난 것이 속상한 것이다. 허혜선 님에게는 정겨운
님이 모르는 사정이 있다. 허혜선 님은 자녀들이
자라는 모습을 보지 못했다. 사무치게 보고 싶었지만
만나지 못했다. 몸살이 날 것을 알면서도 직접 음식을
해 주고 싶었던 것이다. 나는 "몸살 나도 고기를 구워 주고 싶으셨군요" 하고 허혜선 님을 짐짓 거들었다.

화제를 바꾸려 두 분에게 누가 가장 보고 싶냐고
물었다. 정겨운 님은 오래전에 세상을 떠난 친구가
보고 싶다고 하며 친구에 대한 이야기를 풀어놓으셨다.
허혜선 님은 엄마가 보고 싶다고 하셨다. 부모가
되어서야 알게 되는 부모의 사랑에 대해 이야기를
하셨다. 더 듣고 싶었지만 다른 분들 침을 놓아야
해서 얘기를 마무리 지었다.

"제가 보기에는 지금 옆에 계신 분들이 가장 보고
싶은 분들일 것 같은데요. 몸살 날까 봐 저렇게
걱정해 주고, 몸살 나니까 저렇게 속상해 하는 친구가
있잖아요. 제가 보기에는 지금 두 분이 가장 행복한
분들이세요."

각자의 사정을 얼마나 알건, 그 표현을 어떻게 하건
우리 곁에는 우리를 염려해 주는 사람들이 있다.
우리는 혼자가 아니다. 내가 활짝 웃으며 양손으로
엄지를 척 올리자 두 분 역시 활짝 웃으신다.
내 엄지척 때문에 웃으시는 것이 아니다. 소중한
사람들이 여전히 옆에 있음을 알기 때문이다.

병원으로 가세요!

40대의 남성 김남원 님은 혈압약을 드시기 싫다며
오셨다. 혈압을 재 보니 수축기 혈압이 180이 넘었다.
이전에도 160을 항상 넘었지만 혈압약을 먹지
않았다고 했다. 간혹 양약이나 양방치료를 꺼리는
분들을 본다. 증상은 치료해도 건강에 해로울 것
같아서, 전인치료를 하지 않아서라고 이유를 댄다.
무슨 뜻인지는 알겠다. 전문화되면서 병만 보고
사람을 보지 않는다는 말을 하기도 한다. 게다가 10년
전의 표준 치료나 수술 방법 중에 폐기된 것들이
있듯이 지금의 치료 방법이 완전한 것도 아니다. 특히
유행처럼 번지는 '최신 치료 방법'은 경계해야 한다.
　그러나 명심해야 할 것은 무턱대고 치료를
거부하는 건 내가 경계하는 편협한 시각보다도 득이

안 될 수 있다는 것이다. 우선 김남원 님의 혈압이
높아지는 원인을 찾아보기로 했다. 김남원 님에게는
부양할 가족이 유난히 많았다. 자녀도 넷이나 되는데
아픈 처가 식구들까지 책임지고 있었다. 책임감으로
인한 스트레스 때문인지 매일 밤 식사 대신 막걸리를
한 병씩 드시고 있었다. 인바디 검사를 하니 체중과
체형에 비해 복부 내장지방 비율이 높았다. 얼굴에
기미도 많이 생기고 피부색도 검고 윤기가 없었다.
간이 안 좋아지기 쉬운 상태다.

"어깨도 잘 뭉치고 뒷목으로 확 뻗치는 느낌도 자주
있지 않으세요?"

"네, 맞아요."

"눈도 잘 충혈되고 아침에 일어날 때도 개운하지
않고 피곤하시죠?"

"네, 요즘은 전보다도 눈이 더 자주 충혈돼요."

"모두 간하고 관련된 증상인데 더 안 좋아지면
손발이 저리거나 자다가 쥐가 나는 일도 생길 거예요."

"건강검진에서 혈압 말고는 다 괜찮았는데요. 손이
잘 저리기는 해요."

"간수치가 정상 범위라고 해도 임계치에 가까울

거예요. 혈액 검사가 아직 정상이라고 해도 그 전에
불편한 증상들이 느껴지고, 연관되는 다른 증상들을
보고 앞으로 나타날 증상들을 예측할 수 있어요."

"그렇군요."

"혈압은 왜 높아진 것 같으세요?"

"…술 때문인가요?"

"네, 그 영향도 있고 스트레스 영향도 커 보여요.
본태성고혈압이라고 까닭 없이 혈압이 오르는 경우는
본인이 혈압 오르는 걸 느끼지 못해요. 화날 때
뒷목과 머리가 뻣뻣해지는 느낌이 난다는 것은 감정
때문에 혈압이 올라간다는 뜻이에요. 혈압약으로
평상시 혈압은 낮추더라도 스트레스에 대응하는
방법을 개선하지 않으면 위험할 수 있어요."

"그럼 어떻게 해야 하죠?"

"우선 혈압약을 처방받아 복용하세요. 그 다음에
혈압이 높아진 원인을 함께 제거해 보도록 하죠.
혈압약을 시작하면 평생 복용해야 한다고 하는
이유는 생활 습관이든 성격이든 혈압이 높아진
원인을 제거하기 어렵기 때문이에요. 김남원 님이
결심하고 제가 도와드리면 그렇게 되지는 않을 겁니다.

하지만 지금은 혈압이 너무 높고 안전을 확보하는 게
가장 중요하니 혈압약부터 꼭 복용하세요. 그 이후에
제가 도와드리겠습니다."

　김남원 님은 혈압약을 처방받고 이틀 뒤에 다시
내원했다. 약간 숨이 차고 어지러운 느낌도 든다고
했다. 자신에게 맞는 혈압약 용량을 찾는 데에는
시간이 좀 걸린다. 가정용 혈압계를 구입해서 하루에
5회 이상 혈압을 재서 적어 두라고 했다. 그러면
올바른 혈압약 용량을 찾는 데 도움이 된다. 우선은
침 치료만 하고 혈압약 용량이 정해진 후에 경과를
보고 한약 치료 여부를 고려하기로 했다. 세 번째
내원하는 날 김남원 님은 혈압계를 사서 재고
있다고 알려 주시고 빵 상자를 내미셨다. 빵 상자
안의 카드에는 이렇게 마음까지 치료받게 될 줄은
몰랐다고, 감사하다고 적혀 있었다. 선물은 종종
받지만 남자분이 쓴 카드를 받는 것은 무척 드문
일이다. 짧은 글이었지만 가슴을 뭉클하게 하기에는
충분했다.

　현대과학과 첨단의료기술은 혈압약, 당뇨약,
진통제, 항생제, 백신 등의 놀라운 약과 치료 방법을

선사해 주었다. 나도 심하게 다치면 수술을 받고
진통제를 맞을 것이다. 혈당이 높아지면 당뇨약을
처방받을 것이다. 백신은 내 몸의 면역기능을
훈련시키는 것이니 병을 예방하는 획기적인 방법이다.
그러나 나는 이런 치료 방법을 오용하지는 않을
것이다. 진통제를 맞는 동안 회복을 위해 요양할
뿐이지 아픈 것을 참고 일하지 않을 것이다. 당뇨약을
복용하는 동안 설탕과 탄수화물을 줄이고 운동할
것이지 술과 야식을 즐기지는 않을 것이다. 나와
내 주변의 안전을 위해 백신을 맞지, 지나친 염려로
매년 백신을 맞지는 않을 것이다. 무엇이든지
적절하게 이용하는 것이 중요하다. 생명 유지에
필수인 음식마저도 요즘은 건강의 적이 되지
않았는가. 입에만 맛있고 건강에 안 좋은 음식을
먹거나 밤 늦게까지 과식한 탓이다. 무엇이든 적절한
때 적절하게 이용해야 한다.

　건강 검진 때도, 혈압약을 처방 받을 때도 김남원
님은 자신에게 필요한 얘기를 들었을 것이다. "체중
줄이시고요, 운동하시고요, 마음 편하게 가지세요."
이 말을 필요로 하는 사람들이 김남원 님 뒤에

줄지어 있으니 잠깐 사이에 지나갈 수밖에 없다. 나도
늘 길게 설명할 수는 없다. 문제는 보이는데 환자가
치료 의지가 아직 없을 때는 잠깐 설명하고 지나칠
때도 있다. 외면하지 않는 것은 의료인의 의무이기
때문이고, 잠깐 설명한 것은 길게 설명할 경우
잔소리가 되어 다음 기회도 도모할 수 없기 때문이다.
김남원 님에게 정성껏 설명하고 치료 의지를 북돋을
수 있었던 것은 들을 준비가 되어 있었기 때문이다.
기쁘다. 이런 때를 기다리고 있었다. 양방이든
한방이든 나 말고 다른 의료인도 그러할 것이다.

경주는 씨족 사회

오래된 동네에 살다 보니 주변에 나이 드신 분들이
많다. 처음 개원하고 한의원에 오신 분들도 연로하신
분들이었다. 그런데 그분들의 소개로 장성한 자녀들이
오고, 다시 그분들의 어린 자녀들까지 온다. 3대가
함께 한의원에 오는 경우도 자주 있다. 경주이기에
가능한 일이지 않을까 싶다.

경주에는 결혼한 뒤에도 여전히 이 도시에 살고
있는 분들이 많다. 과거에는 경상도에서 드물게
평지가 넓은 곳이었고, 지금은 울산, 포항 등 근교
도시 덕분에 일자리가 많다. 다른 지역에 비해 여유가
있다. 타지에서 대학을 다니거나 직장을 다니다가도
다시 경주로 오는 경우가 많다. 그래서인지 한 분이
한의원에 오시면 그분의 형제, 자매들도 함께 오고,

그 자녀들도 오고, 초중고 동창생들까지 온다.
한 분 한 분 개인이 아니라 거대한 일가가 오는 것
같은 기분이다. 오신 분들이 오랜만에 한의원에서
'어!' 하면서 만나는 일도 자주 있다. 우스갯소리로
경주에서는 나이트클럽이 되지 않는다고 한다. 경주
전체가 씨족 사회라 나이트클럽에 가서 만나도 다
일가 사람이기 때문에 부킹하면 큰일난다고 한다.

사랑방한의원의 차트 번호도 이제 5천 번이 되어
간다. 천만 명이 있는 곳에서는 만 명을 만나도
0.1%에 불과하지만 25만 명이 사는 경주에서는 5천
명을 만나도 2%가 된다. 50명이 모인 곳에 가면 아는
사람 한 명이 있는 것이다. 이제는 어디를 가든 아는
사람이 없나 두리번거린다.

본래 나는 시비를 따지기 좋아하는 까칠한
성격이다. 욱하고 화도 잘 내서 친구들이 욱상우라고
부르곤 했다. 지금도 그 기질이 나오려고 할 때가
있지만 여기가 서울이 아니라 경주임을 생각하며
감정을 다스린다. 그래서 경주가 좋다. 습관적으로
욱하고 올라오는 화의 대부분은 정의감에서 생긴
것이 아니라 상대의 입장은 고려하지 않고

내 감정만을 중시할 때 생기는 것이기 때문이다.
우리는 '내가 옳다'는 생각을 전제로 산다. 그래서
화가 나면 상대 탓을 하기 쉽다. 그것은 "내가 화가
났으니 네가 잘못한 거다"와 다르지 않다. 그것은
착각이다. '내가 옳다'라는 착각에 빠질 때 이해의
폭이 좁아지고 다툼이 생긴다.

누군가 나를 지켜보고 있다고 생각하면 내 행동을
타인의 시선으로 보게 되기에 조심하게 된다. 어디에
가나 조심히 행동하고 그래서 덜 화내고 좀 더
부드럽게 말하게 된다. 한번은 차를 몰고 가는데
앞서 가던 택시가 갑자기 섰다. 깜짝 놀라 멈추며
발끈 화가 났는데 택시에서 내린 승객이 한의원 옆
미용실의 송수경 님이었다. 순간 화가 누그러지고
웃으며 인사했다. 다시 같은 택시 뒤를 따라가는데
택시가 왕복 2차선 도로에서 U턴을 했다. 평소라면
화를 냈을 상황이었지만 화가 나지 않았다. 내가 아는
택시 기사님을 떠올리며 혹시 아는 사람일지 모른다
싶으니 마음이 누그러졌다. 사소한 일이지만 그날의
경험은 두고두고 생각났다.

충청도 청양이 고향인 김 선생님은 한의원에

근무하면서 아는 사람이 많아졌다고 한다.
목욕탕에서 아는 사람을 만났을 때는 물 끼얹는
것도 조심스러웠다고 웃으며 말했다. 타지 출신인
나도 아는 사람이 많은데 경주에서 초중고를 다닌
경주 토박이들은 오죽할까. 경주 사람인 최 선생님은
한의원에서 여고 동창, 자녀의 옛 선생님, 아파트 같은
동에 사는 주민들을 종종 만난다. 어디 가나 아는
사람들이 있다. 내가 아는 경주 사람들은 점잖다.
그 까닭을 혼자 짐작해 본다.

한의원 고르는 법

한의원 단골이던 부부는 일 때문에 제주도로 이사
가게 되었다며 인사를 오셨다. 제주도에서 경주로
치료 받으러 오기는 어려우니 제주도에 아는
한의원이 있으면 소개해 달라고 했다. 이렇게 이사
가면서, 또는 타지에 사는 지인에게 권하고 싶어서
한의원을 추천해 달라는 요청을 종종 받는다. 주변에
내가 아는 곳이 있으면 알려 드리기도 하나 대부분
자신에게 맞는 한의원 찾는 요령을 알려 드린다.
집에서 가까운 순서대로 다섯 곳 정도 한의원을 가서
진찰을 받고 마음에 드는 곳으로 꾸준히 다니는
것이다. 이렇게 권하는 이유는 한의원이 멀면 자주
가기 어렵고, 한의원마다 진료하는 방식도 다르기
때문이다.

한의학에는 학파가 무척 많다. 침법도 여러
가지이다. 중국은 땅이 넓다 보니 지역에 따라 기후도
크게 다르고 병도 달랐다. 금나라와 원나라에 걸쳐서
명성을 떨친 유완소, 장종정, 이고, 주진형 네 명의
의사를 금원사대가라고 부르는데 각기 주로 쓰는
치료법이 달라서 각각을 한량파, 공하파, 보토파,
양음파라고 불렀다. 네 학파 중에 하나는 맞고
셋은 틀릴 것 같지만 아니다. 병을 치료하는 방법이
하나만 있어야 할 것 같은데 꼭 그렇지는 않다. 가령
체했다는 느낌은 음식이 식도 어딘가에 걸린 것이
아니라 위장과 소장을 연결하는 유문이 열리지 않는
것이다. 위장에서는 소독과 단백질 소화를 위해 강한
산성의 위산이 나온다. 우리 몸에 닿으면 피부가
녹아내리겠지만, 위장은 뮤신이라는 보호물질로
덮여 있어서 녹아내리지 않는다. 유문이 열리면서
십이지장으로 내려갈 때 염기성을 띤 췌장액과
쓸개즙이 분비되어 음식물과 섞인 위산을 중화시킨다.
그런데 위산이 너무 많거나 췌장액, 쓸개즙이 적으면
중화시킬 수 없으니 십이지장이 녹아 구멍이 생길 수
있다.

식체를 치료하기 위해 위산 분비를 억제할 수도 있고, 췌장액이나 쓸개즙 분비를 늘릴 수도 있다한랑파. 가장 쉽고 효과적인 방법은 음식을 토하게 하는 것이다공하파. 이런 문제가 반복되면 음식이 위장에 머무는 시간이 길어져 위가 아래로 처지는데 위장이 처지면 위장 위쪽의 강낭콩처럼 동그랗게 올라온 부분이 식도와 일자로 연결된다. 이 경우에는 인삼을 오래 써서 처진 위장을 위로 끌어올려야 한다보토파. 오래도록 제대로 먹지 못하면 영양 공급이 되지 않아 사람이 마르니 부족한 영양을 공급해야 한다양음파.

네 학파의 장점을 취합해 하나의 학파가 되면 좋은데 쉽지 않다. 네 학파의 관점과 처방은 워낙 유명하고 오래된 것이라 한의대에서 기본으로 배우지만 그 이후에도 진단하는 방법에 따라, 치료하는 방법에 따라 수많은 학파가 생겨났다. 보다 나은 진단법과 치료법을 찾는 과정은 여전히 계속된다. 진찰 방법도 맥을 잡는 것, 얼굴과 체형을 보는 것, 혀를 보는 것, 배를 눌러보는 것 등 여러 가지이다. X-ray, CT, MRI가 각각이 잘 진단하는 영역이 다르듯이 각각의 진찰법이 유용한 것이

다르다. 여러 진단법과 치료법 중에 새로운 것, 보다
나은 것을 찾아 나가며 한의사들은 스터디 그룹을
만들어서 서로에게 알려 주고 검증을 한다. 그렇게 또
하나의 학회가 생긴다. 학회를 통해서 검증된 지식은
정규과정에 포함되고 사람들은 또다시 더 나은
방법을 찾아서 함께 공부한다. 한의대에서는 같은
과정을 배우더라도 각자 매진하는 학회가 다르다.
떡국의 떡은 같은데 고명이 다른 것이다. 먹으면 모두
배를 불리고 몸을 살찌워 주나 고명 때문에 보는
맛이 다르다.

　모든 분야에 능숙하면 좋겠지만, 한 명이 하는
것에는 한계가 있다. 그래서 전문화라는 이름으로
분업한다. 1차 의료기관도 가정의원보다 내과,
이비인후과, 정형외과 등의 전문의원이 많다.
병원급에 가면 내과만 해도 순환기 내과, 호흡기
내과, 소화기 내과 등으로 세분화되어 있다. 한의학도
8개의 전문 과목으로 분화되어 있지만 이에 따라
전문의까지 하는 비율은 많지 않다. 보통 학부생 때
공부했던 학회의 선배 한의원에서 부원장이라는
이름으로 개별 수련 과정을 거친다. 진료과목보다

병을 보는 관점에 따라 공부를 지속한다.
한방신경정신과 전문의가 된다 해도 환자들에게는
생소하기에 한의원은 환자들의 수요에 따라 성장,
비만, 비염 등의 클리닉으로 특화한다. 학문 특성상
순환기 내과, 호흡기 내과, 소화기 내과 등으로
분류하기에는 어려운 면도 있다.

  이런 내부 상황은 모르더라도 한의원에 다녀 본
분들은 한의사마다 다르게 진료한다는 것을 안다.
그래서 이사하면서 한의원을 추천해 달라고 하거나,
가족이 사는 다른 지역에도 같은 침법을 쓰는
한의원이 있냐고 묻는다. 아는 경우에는 말씀드리나
내 인맥이 넓지 않아 대부분은 마땅한 곳을 소개해
드리지 못한다. 그런 경우 확률에 의지해 찾기를
권한다. 여러 곳을 가 보면 원하는 곳을 만날 확률이
높아진다. 그렇다고 1%를 찾기 위해 100곳을
다니는 것은 바람직하지 않다. 설령 내가 추천하는
곳이더라도 마음에 들지 않을 수도 있다. 한의학
학파가 여럿인 만큼 한의사마다 강점이 다르고
환자마다 원하는 것이 다르기 때문이다. 아이들
소아과를 갈 때도 주변의 추천을 받아서 갔다가도

결국 몇 군데 다닌 후에 정하지 않는가. 한 가지
당부하고 싶은 것은 한 군데 가 보고 전체 한의원을
평가하지 않았으면 한다. 내 진료에 만족하지 못했던
분들이 내 진료를 기준으로 전체 한의원을 평가하지
않기를 바란다.

다 잘할 수는 없더라도

"○○씨 소개로 왔어요. 한의원이 용하다고 얼마나
칭찬을 하던지…."

경주는 작은 동네라 입소문이 세다. 우리 한의원만
해도 가족, 이웃, 지인의 추천으로 방문한 분들이
많다. 그렇게 오신 많은 분들이 '용하다'는 표현을
종종 하신다.

'용하다'는 말은 칭찬이기도 하지만 때로는 독이
되어 이해할 수 있는 의학이 되는 길을 막는다. 다른
의미로는 설명이 부족하다는 것이기 때문이다.
때때로 병원에서는 잘 설명을 안 해 주는데, 한의원에
오면 설명을 잘해 주니 좋다는 분들도 있다. 그렇지만
사실 한의학에서도 잘 설명하기란 쉬운 일이 아니다.
'남자에게 참 좋은데 뭐라고 표현할 방법이 없네'라고

말하는 식품회사 사장보다 더 답답하다. 쉽게 설명해
주고 잘 치료하는 고개를 넘더라도 아직 문제는
남아 있다. 환자가 의사에게 기대하는 것이 이것만이
아니기 때문이다.

한의대 입학 전, 5월에 아버지가 쓰러지셨다.
서울대학병원 중환자실에 계시는 동안 가족이 교대로
보호자 대기실에 있었다. 여러 고마운 의료인 중에
우리 가족이 특별히 고마웠던 간호사가 있었다.
뭔가 느낌이 달랐다. 나중에 알고 보니 아버지를
병으로 잃은 경험이 있는 1년차 간호사였다. 그는
내 아버지를 보며 자신의 아버지를 많이 떠올렸고
환자의 병세가 호전되기를 간절히 바랐다고 했다.
간호사인 친구에게 이 말을 하니 이런 이야기를
해 주었다. 1년차는 실수를 많이 할 때라서 선배
간호사의 손이 많이 간다. 환자에게 실제 필요한 일은
무뚝뚝해 보이더라도 연차가 쌓인 간호사들이 하고
있었을 것이다. 반면 1년차 때는 환자와 보호자에게
공감을 많이 할 때여서 사람들은 1년차 간호사를
많이 좋아한다고 말이다. 누구나 환자가 되어 본
경험이 있다면 알 것이다. 몸도 아프지만 마음도

불안하다. 몸도 치료해야 하지만 불안한 내 마음도
안심시켜 주면 좋겠다. 병원에 가는 사람이 다 같은
마음일 것이다. 병원에 입원하는 순간 온 인맥을
동원해 친구의 친구라도 소개받고 싶은 마음도
그것이다. 그런데 마음을 내어 주는 의료인을
만난다면 얼마나 고맙고 반갑겠는가.

  그렇게 모든 사람의 말에 귀 기울이고 공감해 줄
수 있다면 좋겠지만 쉽지 않다. 환자가 밀려 있을 때는
시간에 쫓기고 몸은 피로하니 더욱 그렇다. 나도 몇
년째 침을 놓다 보니 손가락이 휘고 허리도 아프다.
그러다가도 유난히 마음이 가는 분들이 있다. 내
어머니 같고, 내 형제 같고, 내 어린 시절 같은 분들을
만난다. 상대방의 좋고 나쁨의 문제가 아니라 내가
살아온 경험 때문이다. 내 마음이 갈 때도 있고,
상대방이 선뜻 다가와서 마음이 갈 때도 있다. 누가
나와 맞을지는 모른다. 반대 경우도 마찬가지다.
사람들이 줄 서 있는 한의원에 내 마음이 끌릴 수도
있고, 시간을 들여 꼼꼼하게 설명해 주는 곳에
마음이 갈 수도 있다. 두 가지를 동시에 만족시키기는
쉽지 않다. 사람들이 줄지어 있으면 내게 할애된

시간이 적을 것이고, 시간을 들여 꼼꼼하게 설명해
주는 곳은 환자가 많지 않거나 치료비가 비쌀 수
있다. 내가 만난 의사가 매출을 올리는 데 능숙한
사업가일 수도 있고 진료에 능한 의료인일 수도
있다. 나는 진료도 잘하고 돈도 잘 벌고 싶은데 둘 다
잘하기는 어렵다. 간혹 둘 다 잘하는 분들이 있는데
체력이 대단히 좋거나 유능한 실장이 있는 경우이다.
체력이 약하면 진료를 많이 하기 어렵고, 진료를 마친
후 공부하기도 쉽지 않다. 오래 해서 연차가 쌓이면
가능할지 모르겠지만 그러면 떠날 날이 가까울
것이다.

　나는 지금 어떤 진료를 하고 있나 생각해 본다.
내가 만났던 1년차 간호사처럼 환자들을 정성껏
대하고 있는지, 아니면 묵묵하지만 환자에게 꼭
필요한 진료를 하고 있는지. 어느 쪽으로든 부족함이
있다. 1, 2년 안에 크게 나아질 것 같지도 않다.
'뭐든 성과를 내려면 10년은 걸리지 않나. 빠르지는
않더라도 꾸준히 하자. 오늘은 오늘 할 일을 하자.
그래서 10년 뒤에는 지금보다 나아지자'라고
마음먹는다.

왜 통증은 밤에 더 심해질까

먹는 만큼 싸야 하듯이 활동하는 만큼 쉬어야 한다.
안 싸고 살 수 없듯이 안 자고 살 수 없다. 그런데
종종 우리는 스스로에게, 자녀에게, 부하 직원에게
"지금 잠이 오냐?"라며 안 잘 것을 요구한다. 밤에
자야만 이루어지는 일들이 있음을 안다면 지금 잠이
오냐며 다그치지 않고 지금은 자야 한다고 조언할
것이다. 먹을 때는 위장이 일하고 쌀 때는 대장이
일하듯, 낮에는 뇌와 근육이 일하고 밤에는 간과
신장이 일한다.

　보통 밤에 심해지는 증상이 많다. 아이들이
주로 밤에 열이 나는 것도 그렇고, 여성의 갱년기
조열도 오후 4시 이후부터 심해지는 경우가 많다. 옛
사람들의 눈에도 이러한 점이 보였을 것이다. 지금과

같은 의료기기가 있는 것도 아니었으나 이러한
증상만은 자세히 관찰해 기록해 놓았다. 〈동의보감〉
내경편에 이런 글이 나온다.

'경락을 도는 위기衛氣는 낮에는 단지 양陽의 부위인
몸통과 팔다리의 겉으로만 운행하고 안으로는
오장육부에는 들어가지 않으며, 밤에는 단지 음陰의
부위인 오장육부의 안으로만 운행하고 몸통이나
팔다리의 겉으로는 운행하지 않는다.'

처음 이 글을 읽을 때는 안개 속을 헤매는 것
같았다. 지금은 그 뜻이 짐작된다. 낮에는 체표의
모세혈관이 확장되어 혈액분포가 늘어나고, 밤에는
간과 신장을 비롯한 내장의 기능이 활발하다. 조수의
흐름과도 같은 이러한 혈액분포 변화는 4시를
기준으로 이루어진다. 야간에 근무하거나 주야 교대
근무를 하는 사람들은 몸에서 이러한 일이 제대로
이루어지지 못한다. 본래 간과 신장을 튼튼하게
타고 났다고 하더라도 오래 되면 건강이 급격히 안
좋아진다. 하나씩 나무토막을 빼는 젠가 게임은 계속
나무토막을 빼어 쌓아도 무너지지 않지만 마지막
순간에는 한 토막만 빼도 몽땅 와르르 무너진다. 젊을

때 건강을 과신하고 과로하면 중년에 위기를 맞이하기 쉽다.

처음 만났을 때 고등학교 1학년이었던 아정이는 아토피로 고생하고 있었다. 가려움 때문에 숙면을 취하지 못하고, 잠결에 긁은 부위가 상처가 되니 쓰라리고 아팠다. 상처난 곳을 다시 긁으니 계속 악순환이었다. 잠이 부족하면 신경은 더 예민해지고 가족에게 신경질을 내거나 자신의 몸을 자책하기 쉽다. 아정이는 어릴 때부터 아토피가 있고 체력도 약했으나 성취욕은 강했다. 하지만 아정이의 몸은 아정이가 원하는 만큼 공부할 수 없었다.

아정이의 건강은 과락이 나오는 상황이었다. 일반 대학에서는 한 과목이 F가 나오더라도 학년은 계속 올라가고, 낙제한 과목만 재수강하면 된다. 그러나 한의대를 비롯한 의학계열에는 유급 제도가 있어서 한 과목이라도 낙제하면 다시 그 학년을 다녀야 한다. 한 과목이라도 60점 미만이어서는 안 되고, 전 과목의 평균이 70점 이상이어야 진급할 수 있다. 한 과목 낙제는 과락, 평균 낙제는 평락이라고 줄여서 말하는데 둘 다 유급의 충분조건이다.

과락은 그래도 재시험으로 구제될 가능성이 있지만 평락이면 그냥 한 해를 더 다녀야 한다. 매년 5% 정도의 학생들이 유급된다. 유급하지 않으려면 공부 시간을 잘 안배해야 한다. 두 과목을 보더라도 100점, 60점보다는 70점, 70점이 낫다.

신체의 각 부분을 과목이라고 생각할 때 모든 과목이 100점이기는 어렵다. 심장은 90점, 위장은 80점, 대장은 70점일 수 있지만 각각이 70점 이상이면 괜찮다. 누구에게나 약점은 있고 아직 과락도, 평락도 아니다. 그러나 과로를 하거나 스트레스를 많이 받으면 신체 기능이 골고루 떨어진다. 10의 데미지를 받으면 심장은 80점, 위장은 70점, 대장은 60점이 된다. 그러면 대장이 과락, 대장에서 병이 난다. 시험 과목처럼 신체에 걸리는 부하를 심장이 20, 위장이 10을 받고 대장은 안 받아서 심장, 위장, 대장 모두 70점이면 좋겠지만 불가능하다. 과목은 별개지만 신체는 별개가 아니다. 인체를 유기체라고 하는데 유기체라는 말은 서로 쪼갤 수 없고 깊이 연관되어 있다는 뜻이다. 아정이의 약점은 피부였다. 10세 이전에 자주 병이 나는 곳은 대부분 타고난 약점이다.

괜찮다. 과락으로 유급하지만 않으면 된다. 그러기
위해서는 아정이가 평상시 컨디션을 잘 유지해야 했다.

몸은 약한데 성취욕이 강한 아정이에게 짐을 싣고
나르는 말과 마부의 이야기를 들려 주었다. 한 마부는
말의 힘을 고려해 짐을 적당히 싣고 짐을 여러 번
나른다. 다른 마부는 짐을 잔뜩 싣고 나르다가 말이
힘들어하면 채찍질을 한다. 힘센 말도 있고 약한 말도
있다. 약한 말에 짐을 싣고 힘센 말처럼 나르라고
다그쳐도 탈이 나지만 힘센 말이라도 과로 앞에는
장사 없다. 어떤 마부가 현명한 마부일까? 말은 내
몸이고, 마부는 내 마음과 같다. 아정이에게는 항상
몸을 살펴서 공부하기를 당부했다. 하고 싶은 만큼
공부할 것이 아니라 몸이 허락하는 만큼 공부하라고
했다. 그리고 몸을 튼튼하게 하기 위해 운동할 것을
권했다. 다행히 아정이는 내 말을 잘 따라 주었고
그렇게 고등학교 3년을 무사히 보냈다.

고등학교 2학년인 두민이는 극심한 두통을
호소했다. 매달 한 번은 응급실에 갈 정도였다.
병원에서 MRI를 비롯한 온갖 검사를 했지만 원인을
찾지 못했다. 나는 두민이에게 몇 시에 일어나는지,

몇 시에 자는지, 잘 때 꿈을 꾸거나 가위에 눌리지는
않는지 물었다. 두민이는 수면 시간도 부족했지만
수면의 질도 좋지 않았다.

　두민이의 부모님은 상황의 심각성을 인지하고
두민이에게 학업 스트레스를 주지 않으려고 노력하고
계셨다. 하지만 옆의 친구들이 뛰는 것을 보면 따라
뛰지 않기가 어렵다. 잘 때라도 시동을 꺼야 하는데
두민이의 머리는 잠자리에 누워서도 공회전을 하고
있었다. 우선 두민이에게 상황을 설명하고 해결
방법을 알려 주었다. 번잡한 생각을 끊고 싶다고
끊어지지 않는다. 끊어야지 하고 생각할수록 오히려
더 뚜렷해진다. 차라리 다른 생각으로 밀어내는 것이
쉽다. 가스로 가득한 공간을 진공 상태로 비우는
것보다는 공기로 밀어내는 것이 쉽다. 두민이에게
생각을 전환할 수 있는 책을 한 권 주고 매일 밤
필사하게 했다. 다행히 두민이는 수긍하고 책을
필사해 보기로 했다. 공부를 미뤄 놓고 매일 30분
이상 학교 교과목이 아닌 것을 필사하는 것은 쉬운
일도 아니고 흔한 일도 아니다. 하지만 두민이는 두통
때문에 극심한 고통을 겪고 있었기에 잘 따라했다.

매주 한 번씩 필사한 노트를 갖고 와서 내게 보여 주면 그것과 관련된 내용을 잠깐씩 설명해 주었다.

두통을 겪던 두민이도, 아토피를 앓던 아정이도 매우 심하게 고통을 겪던 아이들이다. 덕분에 부모의 이해와 공감을 받고 몸을 살필 수 있었다. 과락인 경우에는 재시험을 볼 기회가 있듯이 몸의 한 곳이 탈나면 문제의 원인을 살필 기회가 있다. 그러나 많은 경우에는 두통약을 먹거나 몸을 긁으며 공부한다. 생각을 바꿀 일이지 몸을 다그칠 일이 아니다.

두민이와 아정이는 모두 대학생이 되었다며 고맙게도 인사를 왔다. 나는 진심으로 그 아이들을 축하해 주었다. 대학생이 되어서가 아니라 무사히 고등학교를 졸업한 것을 축하했다. 100세 시대인데 인생의 5분의 1에 결론을 내리는 것은 영화 20분 보고 결말을 얘기하는 것과 같다. 시작도 신이 했듯이 마침표도 신이 찍는 것이다. 힘들다 싶을 때는 쉬어 가라고 신이 쉼표를 찍어 준 것이다. 이때 쉬지 않고 스스로 마침표를 찍을 일이 아니다.

나는 20세에 장학금을 받으며 대학에 입학했지만 그 이후에 수능을 세 번 더 보게 될 줄은 몰랐다.

40세가 넘은 지금은 영화를 40분 본 것과 같다.
아직도 결말은 모르겠고 여전히 내 인생은
흥미진진하다. 재미있는 영화일수록 주인공의 인생은
쉽게 풀리지 않는다. 연애는 꼬이고 오해와 배신을
겪는다. 심지어 액션 영화에서 죽을 고비도 거듭
겪는다. 심장이 쫄깃해지지만 그래도 우리는 안심한다.
감독은 주인공을 죽게 두지 않기 때문이다. 연기한
배우도 진지하게 연기했지만 자신이 실제로 죽는 것은
아님을 알고 있다. 감독은 적절한 때에 '컷'을 외치고
배우를 쉬게 한다.

　내 인생의 주인공은 나다. 신이 쉼표 사인을 보낼
때 그에 맞게 호흡을 고르면 된다. 그리고 내가 맡은
배역을 즐기면 된다. 나는 40대의 배역을 연기 중이다.
앞으로 50대, 60대, 그 이후의 배역도 맡게 되길
기대한다. 신은 분장도 완벽하게 해 줄 것이다. 어떤
시나리오가 주어질지 아직 모른다. 괜찮다. 나는 즐길
준비가 되어 있다.

엄마가 신이다

처음 만났을 때 다섯 살이었던 진주와 경주는 이란성
쌍둥이다. 여자 아이들인데 무척 귀엽기도 하거니와
어른들처럼 침을 잘 맞는 최연소 아이들이기도 하다.
진주와 경주가 침 맞는 것을 보면 다들 기특해하고,
신기해한다. 나도 마찬가지였다. 열이 나거나 체했을
때 손끝을 따는 것은 더 어린 아이들에게도 종종
했지만 침을 놓지는 않았다. 아이들은 잠깐 손끝을
따거나 주사를 맞을 때도 기겁하는데 20분씩이나
침을 꽂고 가만히 있기란 쉽지 않다. 진주와 경주
이전에는 일곱 살이 가장 어렸다.

　진주와 경주는 당원병을 앓고 있다. 우리가 먹은
음식은 잘게 쪼개어져서 포도당 같은 단당류가
된다. 예를 들어 떡 하나를 포도 한 송이로 비유하면

소화는 포도송이에서 포도알을 하나씩 떼어 내는
과정인 것이다. 하나씩 분리된 포도알이 혈액에 섞여
혈관을 타고 세포에 공급된다. 음식이 많이 들어오면
우선 음식을 쌓아 놓고 이 과정을 서서히 진행한다.
우선 포도송이에서 포도알을 떼어 내듯 분해한
뒤에 지금 쓸 것을 제외하고 나머지는 다시 포도
팔찌처럼 줄줄이 꿰어 글리코겐이란 형태로 간과
근육에 저장한다. 이렇게 저장한 글리코겐은 나중에
분해되어 필요할 때 사용된다. 포도당은 포도에서
처음 발견되어 이름 붙여졌다. 포도 모양이거나
포도에만 들어 있지는 않다.

　당원병은 글리코겐이 축적만 될 뿐 다시
포도당으로 분해되지 않는 병이다. 대개 유전적으로
글리코겐을 분해하는 효소가 부족해 발생한다.
인간의 혈액에는 항상 일정 농도의 포도당이 있어야
한다. 그래서 포도당이 많을 때는 글리코겐으로
저장하고, 포도당이 적을 때는 글리코겐을 분해해
포도당을 만든다. 글리코겐으로 저장하기에도 너무
많아 혈액 내에 혈당이 많아지고 이것이 소변으로
새어 나가는 것이 당뇨병이다. 당원병은 글리코겐으로

축적만 될 뿐 글리코겐이 포도당으로 전환되지
않으니 저혈당이 되기 쉽다. 그래서 액체 형태의
옥수수 전분을 일정 시간 간격으로 마셔야 한다.
진주와 경주의 엄마인 오선녀 님은 밤에도 푹 잠들지
못한다. 자다가도 애들을 깨워 옥수수 전분을 주어야
하기 때문이다.

　희귀한 질환이기 때문에 병원에서도 원인과 치료
방법을 잘 몰랐다. 답답한 엄마들이 환우회를 만들고
외국의 의료진과 국내 연구진을 초청해 세미나를
열기도 했다. 오선녀 님은 세미나 녹화 영상을 내게
보여 주셨다. 시간이 꽤 긴 영상이었지만 보지 않을
수 없었다. 건강 보조 식품이나 한약을 먹어도 되냐는
질문에 가장 권위 있는 미국 의료진의 대답이 인상
깊었다. '브라질에서는 민간요법으로 어떤 풀을
환자에게 먹이는데 그것이 효과가 있었다. 그래서
그것을 연구하고 있다. 효과가 있는 방법이라면
무엇이든 수집하고 치료에 응용하고 있다. 그러면서
원리를 찾고 있다'는 요지의 말이었다.

　안타깝게도 한방이라면 무조건 과거의 것으로
매도하는 사람들이 있다. 오히려 양의와 한의로

이분화된 의료체계 덕분에 다른 어떤 나라보다 더
활발하게 교류하며 연구할 수 있는 여건을 갖추고
있는데 이를 제대로 활용하지 못해 안타깝다.
열린 자세로 연구하는 미국 의료진의 자세를 보니
양한방이 대립하는 현실이 떠올라 씁쓸했다.

당원병 환자는 글리코겐을 포도당으로 분해하는
효소가 없다. 이러한 관점에서 보면 효소를 넣어
주어야만 해결된다. 그렇다면 한방에서 해결할 수가
없다. 나는 한의학의 관점으로 병을 바라보았다.
한의학에서는 근육을 주관하는 장부를 간으로 본다.
글리코겐이 주로 축적되는 다른 장부는 신장이다.
그리고 소화 속도도 중요하다. 소화가 너무 빨리
되어 혈당량이 높아져도 안 되고, 소화 장애가
일어나 혈당량이 낮아져도 안 되기 때문이다. 그래서
소화기와 간, 신장을 주 치료 대상으로 삼았다.

치료가 도움이 되었던 것인지 오선녀 님의 소개로
20대 후반의 당원병 환자인 고건강 님이 멀리
서울에서 찾아오셨다. 미리 알았더라면 만류했을
텐데 아픈 몸으로 멀리서 오신 것에 송구했다. 고건강
님은 내가 예상한 증상들을 갖고 있었고 건강이 좋지

않았다. 어머님이 동행하셨는데 당원병 환우회도
없고, 당원병에 대한 정보도 부족할 때 같은 병으로
고건강 님의 언니를 잃었다고 했다. 어머님의 불안과
간절함이 느껴져 내 마음도 먹먹했다.

거리 때문에 치료를 지속할 수 없는 상황이라서
시간을 할애해 스스로 해야 하는 생활 관리 요령을
알려드렸고 어머님은 꼼꼼히 받아 적으셨다. 그해
연말에는 화선지에 붓글씨로 정성껏 쓴 연하장을
받았다. 글씨 자체로도 작품이었지만 내가 알려드린
처방을 계속 따라하면서 '정말 많이 호전되었다'는
말에 더욱 기뻤다. 그리고 진주와 경주도 계속 건강을
유지하며 자랄 수 있겠구나 안도했다.

치료에 있어서 내가 생각한 것이 틀릴 수도 있다.
이런 때 스스로에게 던지는 질문은 '내 가족이라면
어떻게 치료하겠느냐'이다. 공교롭게도 진주와 경주는
내 큰아이와 동갑이다. 나라면 매일 아이에게 침을
놓을 것이다. 그러나 진주와 경주의 집은 한의원에서
멀어서 자주 오기 어렵다. 그래서 오선녀 님께
수지침과 혈자리가 설명된 사진 책을 드렸다. 내가
침놓는 것을 연습해서 환자들에게 침을 놓는 것처럼

오선녀 님이 스스로에게 침놓는 연습을 한 후에
아이들에게 놓아 주실 것을 당부 드렸다. 내가 쓰는
큰 침은 쓰기 어렵기에 수지침으로 권했다.

　오선녀 님은 그렇게 아이들에게 매일 침을 놓고
계신다. 그리고 주말마다 온 가족이 한의원에 온다.
이제 두 아이들은 아홉 살이 되었다. 아이들이
건강하게 자라는 모습을 볼 때마다 무척 기쁘다.
오선녀 님은 여전히 지치지 않고 꿋꿋하시다. 키는
작지만 누구보다도 큰 어머니다. 나는 오선녀 님이나
고건강 님의 어머니를 보며 우리의 어머니들에 대해
생각한다. 탈무드에 '신은 도처에 가 있을 수 없기
때문에, 그들에게 어머니를 보냈다'는 말이 있다.
왜 이 말이 오래 남았는지 나는 알겠다.

무소식이 희소식

동네의 인구 분포를 보면 단연 어르신이 많다. 미성년
자녀와 함께 사는 중년층은 적다. 자연히 장년층과
노인분들이 많이 내원하셨다. 65세 이상부터는
의료보험 자기분담률이 10%이니 보통 2천 원
내외의 금액만 내면 된다. 천 원짜리 두어 장을
내시면서 어르신들은 이것밖에 안 받아서 어쩌냐며
걱정해 주셨다. 의료보험 때문에 적게 내시는 거고
의료보험을 통해 정부에서 많이 받아 오니 염려하지
마시라고 해도 늘 미안해하는 분들이 계신다. 9평의
작은 한의원에 적게는 하루 60명, 많게는 하루
80명도 다녀가셨으니 좁은 신발장은 유난히 붐벼
보였다. 작은 음식점에 줄 서 있으면 따라서 줄 서는
심리 때문일까. 이후에 점차 경주에 사는 그분들의

자녀들이 오고 그 자녀들의 지인들이 오면서
한의원에 내원하는 연령층이 다양해졌다.

　이제는 소아와 10대가 20%, 20대와 30대가
15%, 40대와 50대가 30%, 60대와 70대가 30%,
80세 이상이 5% 정도이다. 남자들은 몸 아픈 것은
대수롭지 않게 여기는 경향이 있고 침 맞는 것도
더 싫어하기에 웬만하면 한의원에 오지 않는다.
남녀의 비율이 2 대 3에 이른 것이 뿌듯하다.
엄마들은 본인들이 진료 받을 때보다 아이가 진료
받을 곳을 고를 때 더 꼼꼼하다. 그래서 한의원에
아이들이 오는 것을 보면 참 감사하다. 학생 때 아프던
아이들도 고등학교를 졸업하면 많이 건강해진다.
20대 내원 비율이 가장 적은 것도 그러한 이유가
아닐까 싶다. 갑자기 불편한 증상을 많이 느끼는 때가
50세 전후이다. 갱년기는 인생의 전환기라는 뜻이다.
몇 개월 열심히 치료하고 나면 안 보이는 분들이 있다.
많이 좋아졌다며 스스로 졸업을 선언하고 인사하시는
분도 있지만 일주일에 세 번 오시다가, 한 번 오시고,
2주일에 한 번 오시다가 안 오시면 어떻게 지내시나
궁금해지곤 한다. 아파야 오는 곳이니 무소식이

희소식이리라 여기지만 몇 년째 못 보면 정말 잘
지내시는 건지 궁금하다.

성인이 된 아이들이 대학에 갔다며 또는 군대에
간다며 인사 오면 참 반갑다. 택시를 운전하시는 분이
들러서 커피 한 잔 타 가시면 그것도 무척 반갑다.
안 오시면 기다려진다. 거리를 지나가다 손인사 해
주시는 분들도 반갑다. 무엇보다 반가운 때는 과거에
열심히 내원하시다가 몇 년 동안 안 오셨던 분이
덕분에 그동안 잘 지냈다며, 요즘 조금 안 좋아지기
시작해서 얼른 왔다고 할 때다. 한 동네에서 계속
하다 보니 이제는 그런 일이 종종 있다.

그러나 때로는 요양병원으로 가셨다는 소식도
듣고, 부고를 전해 들을 때도 있다. 몇 달이 지난
때늦은 부고를 전해 들을 때도 마음은 숙연해진다.
부고를 들을 때 젊은 사람들은 남의 일이라고 여기기
쉽지만 나이든 분들은 그렇지 않다. 이제는 내게도 곧
닥칠 일임을 알기 때문이다. 이야기를 나누던 분들의
기분이 가라앉는 것을 느끼면 분위기를 띄우는
진행자처럼 나는 화제를 바꾼다. "아무리 아프시다고
해도 여기 오시는 분들은 행복하신 거예요. 진짜

아픈 분들은 누워 계세요"라고 말하곤 한다. 유능한
진행은 아니지만 다들 화제를 바꾸길 원했기에 다들
"맞네, 맞아" 하면서 다른 이야기를 하신다.

아무리 피하려고 해도 피할 수 없고, 죽음 이후에
무엇이 있는지 아무리 알려고 해도 알 수 없다.
주관식이건 객관식이건 잘못 낸 문제는 아무리
생각해도 답을 알 수 없다. 때로는 답 없음이 정답일
수 있다. 그만 생각하는 게 정답일 수도 있다. 그래도
때로는 고개를 드는 호기심을, 때로는 불안감을
지우기 어렵다. 오누이가 해님 달님이 된 동화나,
옥황상제, 염라대왕도 그래서 만들어진 게 아닐까?
어차피 알 수 없다면 어떻게 생각하는 것이 좋을까?

〈이게 정말 천국일까?〉라는 그림책이 있다.
돌아가신 할아버지가 천국을 상상하며 쓰고 그린
공책을 어린 손자가 발견해서 읽으며 안도하는
내용이다. 천진할 만큼 유쾌한 상상에 나도 마음이
놓인다. 나도 그렇게 이제는 소식을 들을 수 없는
분들의 안녕을 기원한다. 무소식이 희소식이겠지 하며.

위로

영화 〈보이후드〉에서 두 아이의 엄마인 올리비아는
경제력 없는 남편과 이혼 후 학업을 다시 시작한다.
학생과 교수로 만난 새 배우자는 알고 보니 알코올
중독자였고 그의 폭력을 견디다 못해 도망친
올리비아는 어려움 끝에 학위를 마치고 대학교수가
된다. 성인이 된 둘째가 집을 떠나는 날 올리비아는
이제 남은 건 자신의 장례식뿐이라며 오열한다. 40년
뒤의 일을 뭣하러 지금 미리 걱정하냐는 아들에게
올리비아는 말한다. 끝에 뭔가 있을 줄 알았다며,
아무것도 없을 줄 몰랐다고. 이 영화는 12년 동안
촬영했고, 같은 배우들이 출연했다. 아이는 실제로
자라고 올리비아 역할을 맡은 배우도 실제로 나이
들고 체중이 늘어난다. 영화가 아니라 내가 실제 아는

아이 같기도 하고 내가 키우는 느낌도 든다. 특히
'뭔가 있을 줄 알았다, 아무것도 없을 줄 몰랐다'는
올리비아의 말이 깊이 와닿았다. 인생의 앞날을 미리
보는 느낌이었다.

진료하다 보면 이런 회한을 마주할 때가 있다.
단 둘이 있는 진료실에서 내 몸 여기저기가 아프다며
털어놓다 보면 자연히 마음의 아픔도 꺼내게 된다.
몸은 아프고 마음은 괴롭다. 이제 좀 살 만해지니
아프거나 죽음이 가까이 와 있다. 끝을 안다면 다르게
마음먹고 다르게 행동했을지도 모른다.

그러나 앞일은 예측한다고 해도 나를 바꾸기란
쉽지 않다. 사람은 마음먹는다고 바뀌지 않는다.
마음먹는 대로 바뀐다면 모두가 금연에 성공하고
모두가 다이어트에 성공할 것이다. 공자도 중용을
지키기로 마음먹고 한 달을 지킬 수 있는 사람은 가장
뛰어난 제자인 안회뿐이라고 했다. 그러나 안회는
젊어서 죽었고 중용을 가르치던 공자는 머리를 풀고
울었다. 내가 바라는 완벽한 상황도 없고 완벽한
사람도 없다.

비슷한 상황을 겪은 사람이 건네는 "힘들지? 나도

그렇다"는 말이 위로가 될 때가 있다. "지금 마음이 어떠세요?"라는 관심이 힘이 될 때도 있다. 지금 곁에 그런 사람이 없을 때는 책을 쓴 저자에게서 그런 위로를 받을 때도 있다. 책은 문자이기 이전에 그 글을 적은 사람이기 때문이다. '이 사람도 이런 일을 겪었구나. 공간과 시간의 한계를 뛰어넘어 내게 위로를 건네려고 이 글을 남겼구나' 하며 책을 통해 저자에게 위로 받았다고 느끼곤 한다.

나처럼 이런 위로가 필요한 이에게 종종 건네는 책이 있다. 나이든 분의 경우에는 '잘 물든 단풍은 꽃보다 아름답다'는 부제가 적힌 법륜 스님의 〈인생수업〉을, 살아온 날보다 살아갈 날이 많은 이들에게는 '신이 쉼표를 찍은 곳에 마침표를 찍지 마라'는 부제가 적힌 류시화 시인의 〈좋은지 나쁜지 누가 아는가〉를 소개한다. 그리고 꼭 천천히 읽으라고 당부한다. 처음에는 한 번에 쭉 읽더라도 두 번, 세 번은 하루에 한 편씩만 읽으라고 당부한다. 눈 가는 속도보다 마음 가는 속도가 느리기 때문이다. 그리고 마음 가는 속도보다 손발이 가는 속도가 더 느리다. 그렇게 천천히, 그러나 꾸준히 하다 보면 그래서

마침표를 섣불리 찍지 않을 수 있다면 잘 물든

단풍을 보지 않을까.

생로병사

한 동네에서 오래 한의원을 하다 보니 아이들은
자라고, 나는 나이 들었으며 어르신들은 전보다
약해지셨다. 생로병사의 흐름을 벗어날 수 없음을
절감한다. 나이들어 약해지고 병들어 죽음을
마주하는 과정을 어떻게 편하게 받아들일 수 있을까.
이런 고민을 덜어준 것은 할머니들에 대한 책이었다.
당당하게 구수한 사투리를 쓰며 세계적인 유튜버가
된 〈박막례, 이대로 죽을 순 없다〉의 박막례
할머니, 어려운 환경 속에서도 밝은 모습을 잃지
않고 아름다운 그림을 그린 〈그림 그리는 할머니,
김두엽입니다〉의 김두엽 할머니는 내가 한의원에서
만나는 분들과 비슷했다. 정감 넘치는 이경옥 님의
구수한 입담은 매우 인기 있다. 아흔이 넘은 나이에도

취미 생활과 지역 사회 활동에 적극인 손끝녀 님은
무척 닮고 싶은 분이다. 그런 인생 선배들을 곁에서
볼 수 있다는 것은 축복이다.

어떻게 살든 결국 마주하게 되는 것이 죽음이다.
진시황도 피하지 못했고, 스티브 잡스도 죽었다.
경기를 짜릿하게 만드는 종료 시각처럼 인생이
한정되어 있다는 것은 삶에 더 집중하게 해 준다.
아무리 심각한 경기라도 그저 게임일 뿐이라는
사실이 승패의 무게를 가볍게 해 주듯이, 죽음은
삶의 무게를 덜어 준다. 그러나 여전히 고민이 있다.
내 삶과 죽음에 대해서는 이렇게 여기더라도 친척
어른이나 지인 가족의 부고를 들을 때는 어떻게
애도의 마음을 전해야 할까 하는 것이다.

아이들에게 이런 이야기를 해야 할 때는 삶과
죽음에 대해 설명해 주는 그림책의 도움을 받곤 한다.
상처받지 않도록 부드럽게, 이해하는 데 많은 힘이
필요하지 않도록 쉽게, 무겁지 않고 유쾌하게 설명한
그림책들이 있다. 〈나는 생명이에요〉와 짝을 이루는
〈나는 죽음이에요〉는 삶과 죽음의 순리를 편하게
받아들이도록 돕는다. 〈나의 엄마〉, 〈나의 아버지〉는

상실감이 아니라 부모님에게 받은 사랑 속에 잠기게
한다. 〈이게 정말 천국일까?〉는 죽음 이후를 유쾌하게
상상할 수 있도록 도와준다. 슬플 때는 슬퍼해야
한다. 아무리 쉬운 말도, 아무리 아름다운 그림도
슬픔에 빠져 있을 때는 들리지도 않고, 보이지도
않는다. 그래도 이 책들을 선반에 표지가 잘 보이도록
올려놓고, 때로는 선물하는 까닭은 그런 일을 경험할
때 그 책의 말들이 조금이라도 떠오른다면, 마음이
잠시 진정될 때 책이 건네는 위로의 말들이 눈에
들어오길 바라기 때문이다.

작은 차이는 있더라도 우리 모두 생로병사의
큰 틀을 벗어나지는 못하고, 우리가 사는 모습은 다들
비슷하다. 그리고 그 비슷함이 위로가 된다. 혼자가
아니라는 사실이 위로가 된다. 내가 이 책을 쓰는
이유도 그렇다.

애哀

: 슬픔과 애환의 마음을 어루만지는 책 처방

우리는 가까운 이들과 많이 싸운다. 사실 공통점이
가장 많은 이들이다. 같은 인종이고, 같은 국적을
가졌으며, 같은 동네에서 살고, 같은 나이이거나
같은 집에서 사는 이들이다. 99개의 공통점이
있음에도 한 가지 차이를 받아들이지 못해 물고
뜯는다. 그러다가 갑자기 절연을 하든 사별을 하든,
이별한 뒤에는 회한이 남는다. 갑자기 배우자를
잃거나 자녀를 잃은 분들은 상실의 슬픔을 오래도록
겪는다. 그들이 떠나보낸 배우자와 자녀가 특별히
살갑던 사람들이어서가 아니다. 우리는 잃은 뒤에야
소중함을 안다. 미세먼지에 휩싸인 후에야 맑은
공기의 소중함을 알고, 마스크가 필수가 된 후에야
마스크 없이 걸을 수 있던 일상이 소중하게 느껴진다.
재산이 넉넉하지 않음을, 능력이 출중하지 않음을

아쉬워하다가 나이든 후에야 젊음 자체가 엄청난
가능성이었음을 깨닫는다. 팔이 아프다, 다리가
아프다며 아픈 몸을 탓하다가 자리보전한 뒤에야
내 팔로 입에 밥을 넣고 내 다리로 화장실 가는
것이 얼마나 행복한 일이었는지 깨닫는다. 임종에
임박해서야 숨 쉬는 것만으로도 보고 들을 수 있는
엄청난 세상이 있었음을 깨닫는다면 안타까운 일이다.

　'충분히 가지고 있음을 알지 못한 채, 때에 맞추어
마음을 통제하지 못하고 욕심을 채우려고만 하는
것은 인생의 참된 즐거움에 어긋난다不知持滿 不時御神
務快其心 逆於生樂'. 한의학의 오래된 경전인 〈황제내경〉
상고천진론에 있는 말이다. 고전에는 삶의 명제로
삼을 만한 말이 많다. 내가 행복하지 않을 때는
'부지지만不知持滿'이라는 구절을 떠올리며 충분히
가지고 있는데 알지 못한 게 아닐까 살펴본다.

　때로 신세 한탄을 하는 환자에게 가장 불행한
상태를 0이라고 하고 가장 행복한 상태를 10이라고
할 때 지금 자신은 몇 점이냐고 묻곤 한다. 이제 눈을
감고 상상해 보라고 한다. 지금 오십견으로 제대로

움직일 수 없는 팔이 아예 없다면, 지금 관절염으로 아픈 다리가 아예 없다면, 지금 나를 속 썩이는 자녀나 배우자가 갑자기 죽는다면 어떨 것 같은지 상상해 보라고 한다. 상상에 몰입해서 생생하게 느낄수록 좋다. 이제 눈을 뜨고 없어진 줄 알았던 팔이, 다리가, 자녀와 배우자가 온전함을 확인한다. 다시 자신의 행복 점수를 매겨 보면 점수는 이전보다 높아진다.

슬픔은 내가 같은 실수를 하지 않게끔 도와준다. 열 번의 실수를 겪고서야 고치는 사람보다 세 번의 실수를 겪고 고치는 사람이 현명하다. 세 번의 실수를 겪고 고치는 사람보다 다른 사람의 오답 노트를 보고 미리 조심하는 사람이 현명하다. 나의 시행착오를 줄일 수 있도록 도와줄 수 있는 분들의 책들을 소개한다.

〈죽음과 죽어감〉 엘리자베스 퀴블러 로스 + 이진 역

청미, 2018

호스피스 운동을 처음 시작했던 정신과의사가 죽음 직전의 사람들을 만나고 쓴 책이다. 인생에서 중요한 것이 무엇인지, 어떻게 살아야 인생을 허비하지 않을 수 있을지 살펴보게 한다. 이 책은 의료 현장에서 중증 환자를 대하는 방식을 바꾸는 데 큰 영향을 끼쳤을 뿐만 아니라 일반인에게도 무척 유용하다. 저자가 2004년 눈을 감기 전에 남긴 마지막 저서인 〈인생 수업〉을 권하고 싶으나 절판되었다. 우리의 의식 변화가 충분히 이루어지거나 더 좋은 책이 많아져서 책의 유효기간이 끝난 것이면 좋을 텐데 눈 밝은 이가 적어서 절판된 것이라면 안타까운 일이다. 비슷한 이유에서 자주 권하는 책 중에 한국인 의사가 쓴 것도 있다. 염창환 박사가 쓴 〈한국인, 죽기 전에 꼭 해야 할 17가지〉이다. 상담 중에 자신에게 가장 중요한 것을 순서대로 꼽아 보라고 할 때가 있다. 일, 가족, 돈 중에 한두 가지만 말하고 다음을 떠올리지 못해 머뭇거리는 분들이 많다. 삶의 우선순위를 듣고 나면 그분들이 왜 그렇게 행동하는지 이해하기 쉽다. 이 책에 등장하는 분들이 내 삶의 우선순위를 바로잡게 도와줄 수 있을 것이다.

〈삶의 끝에서〉 다비드 메나세 + 허형은 역

문학동네, 2016

저자는 33세에 뇌종양 말기 진단을 받고 투병하면서도 교편을 놓지 않았다. 시력 저하와 몸의 마비로 더 이상 아이들을 가르칠 수 없자 옛 제자들을 찾아 미국 전역을 여행했다. 그는 자신의 병을 탓하기보다 어떻게 하면 더 즐겁게 살 수 있을지 살핀다. 몸이 아프다는 핑계로 불행을 고집하고 있다면 이 책을 권한다. 어쩌면 몸의 통증보다 공감하고 위로해 줄 사람이 없다는 사실이 나를 더 아프게 하는지도 모르겠다. 삶의 길이와 상관없이 그는 참 행복하게 산 사람이다. 찾아가고 싶은 사람이, 그를 반기는 사람이 많았으니. 나도 친구에게 보고 싶다며 전화해야겠다.

〈취미로 직업을 삼다〉 김욱

책읽는고양이, 2019

은퇴가 다가와서, 나이가 점점 들어서 서글퍼진다면 여든다섯 살의 번역가를 소개한다. 그는 잘못 선 보증으로 일흔의 나이에 쫄딱 망해서 남의 집 묘막살이로 입에 풀칠을 했다. 상황은 어찌할 수 없지만 상황을 대하는 태도를 결정하는 건 여전히 자신의 몫이라며 그는 아흔다섯과 백열 살에 하고 싶은 일을 계획한다. 눈을 감고 내가 지금보다 열 살, 스무 살 더 나이가 들었다고 상상해 보자. 지난 10년, 20년을 뒤돌아보며 어떤 것을 후회하고 있을까? 자, 이제 눈을 뜨고 내가 꿈꾸던 그 나이로 다시 돌아오자. 그리고 아쉬워했던 그것을 실행해 보자.

〈죽음의 수용소에서〉 빅터 프랭클 + 이시형 역

청아출판사, 2020

알프레드 아들러는 프로이드, 융과 함께 심리학의 3대 거장으로 손 꼽히지만 상대적으로 덜 알려져 있었다. 몇 년 전 〈미움받을 용기〉가 베스트셀러에 오른 덕분에 많이 알려졌지만, 나는 아들러의 제자인 빅터 프랭클이 쓴 이 책이 더 많이 읽혔으면 좋겠다. 저자는 나치의 강제수용소에서도 스승의 가르침대로 삶의 의미를 잃지 않았다. 맞다. 저자는 큰 시련을 겪었으나 행운아다. 살고 죽는 것은 노력으로 되는 것이 아니다. 살아남는 행운이 따랐기에 이처럼 저술도 남길 수 있었다. 우리도 태어났다는, 살아 있다는 행운을 맛보고 있는 중이다. 저자가 보여 주는 지행합일知行合一, 아는 것과 행동의 일치가 주는 감 동이 있다. 그 감동이 내 행동을 이끌어 내는 동력이 된다.

〈좋은지 나쁜지 누가 아는가〉 류시화

더숲, 2019

큰 슬픔은 작은 슬픔을 덮는다. 지금까지 소개한 책들로 이미 내가 가진 슬픔이 많이 해소되었을 수 있다. 그러나 좀 더 일상의 이야기를 듣고 싶다면 류시화의 인생과 깨달음을 따라가 보는 것도 좋다. 나는 한 번에 내리 읽고, 두 번째와 세 번째는 하루에 한 편씩 아껴 가며 읽었다. 젊은 날의 저자는 범람한 강물에 볼품없는 오막살이마저 잃고 빗속에 서 있었다. 문득, '나는 시인이 아닌가'라고 정체성을 분명히 하며 '이런 경험도 시인으로서 필요한 경험이 아닌가'라고 자신의 삶을 해석한다. 저자는 좋은지 나쁜지 아직은 알 수 없다고 말하며 신이 쉼표를 찍은 곳에 우리가 함부로 마침표를 찍지 않게끔 도와준다.

〈말센스〉 셀레스트 헤들리 + 김성환 역

스몰빅라이프, 2019

옳으냐 그르냐는 중요하지 않다. 싸우지 않는 것이 중요하다. 이렇게 결론을 내려도 말하다 보면 또다시 싸우고 있다. 말 한마디로 천 냥 빚을 갚는다고 하는데 나의 말 한마디는 매번 천 냥 빚을 부른다. 내 몸의 기혈이 제대로 흘러야 아프지 않듯이 사람과 사람 사이에는 말이 제대로 통해야 괴롭지 않다. 전에는 상대의 듣는 귀를 탓했는데 이제 보니 말하는 내 입이 문제인 것 같다. 이제는 말센스를 익힐 차례다. 유창한 언변이 필요한 것이 아니라 말을 참는 센스가 필요함을 깨닫고 익히면 대성공이다. 이것만으로도 나의 인간관계는 이전과 달라질 것이다.

〈이게 정말 천국일까?〉 요시타케 신스케 + 고향옥 역

주니어김영사, 2016

내 마음을 아무리 갈고 닦아도 우리에게는 정해진 이별이 있다. 진시황도 막지 못한 죽음이다. 각 종교마다 사후세계에 대해 이러쿵저러쿵 이야기하지만 마음 저 밑바닥에서는 의심이 꿈틀댄다. 믿으라고 하는데 도무지 믿어지지 않는다. 사실, 죽음의 순기능은 우리를 삶에 몰두하게 하는 힘이다. 경기도 종료시간이 있기 때문에 집중해서 뛰며, 놀이동산도 폐장 시간이 있기 때문에 몰입해서 논다.

내게 우선순위는 나, 시간, 멋이다. 무슨 일을 하든지 나를 기준으로 내 마음이 행복하고 평화로울지, 내 몸의 건강을 해치지 않을지 살핀다. 내가 가진 시간이 유한하고, 대체 불가능한 것임을 기억하니 하루하루가 소중하다. 이 소중한 하루를 더 멋있게 만들 방법은 없는지, 더 멋있게 실행한 사람은 없는지 살핀다. 내게 도움이 된 분들의 책을 환자들에게 추천하고 있고, 지금 여러분에게도 소개한다. 이 사랑스러운 그림책을 보며 죽음에 대해 마음껏 유쾌하게 상상해 보면 어떨까? 어차피 알 수 없는 일이니.

〈나는 생명이에요〉 엘리자베스 헬란 라슨, 마린 슈나이더 그림,

장미경 역, 마루벌, 2018

〈나는 죽음이에요〉 엘리자베스 헬란 라슨, 마린 슈나이더 그림,

장미경 역, 마루벌, 2017

〈나의 아버지〉 강경수, 그림책공작소, 2016

〈나의 엄마〉 강경수, 그림책공작소, 2016

〈말센스〉 셀레스트 헤들리, 김성환 역, 스몰빅라이프, 2019

〈미움받을 용기〉 기시미 이치로, 고가 후미타케, 전경아 역,

인플루엔셜, 2014

〈박막례, 이대로 죽을 순 없다〉 박막례, 김유라, 위즈덤하우스,

2019

〈상실 수업〉 엘리자베스 퀴블러 로스, 데이비드 케슬러, 김소향 역,

인빅투스, 2014

〈삶의 끝에서〉 다비드 메나세, 허형은 역, 문학동네, 2016

〈이게 정말 천국일까?〉 요시타케 신스케, 고향옥 역, 주니어김영사,

2016

〈인생수업〉 엘리자베스 퀴블러 로스, 류시화 역, 이레, 2006

〈좋은지 나쁜지 누가 아는가〉 류시화, 더숲, 2019

〈죽음과 죽어감〉 엘리자베스 퀴블러 로스, 이진 역, 청미, 2018

<죽음의 수용소에서> 빅터 프랭클, 이시형 역, 청아출판사, 2020

<죽음이라는 이별 앞에서> 정혜신, 창비, 2018

<취미로 직업을 삼다> 김욱, 책읽는고양이, 2019

<한국인, 죽기 전에 꼭 해야 할 17가지> 염창환, 21세기북스,

2010

아프기보단
건강하게,
괴롭기보단
즐겁게!

시간은 빠르다

초등학생 때부터 시간은 빠르게 흘렀다. 안 그래도
하루하루가 빠르게 가는데 어서 어른이 되고 싶다는
친구들의 말을 알 수 없었다. 그런 나도 지독하게
느린 시간의 흐름을 경험한 적이 있는데 군대에서
열흘간 갔던 영창 생활이다. 그때는 열흘이 마치 10년
같았다. 실연의 아픔을 삼킬 때에도 시간은 느리게
흘렀을 텐데 기억이 가물가물하다. 어쨌든 시간은
과거에도 빨랐고 지금도 빠르다. 내게만 빠른 것은
아닌지, 흔히 60대는 시속 60km로 지나가고 80대에는
시속 80km로 지나간다는 말도 한다. 나는 쓸데없는
것까지 궁금해하곤 하는데, 나이 들수록 왜 시간이
더 빠르게 흐르는지도 궁금했다. 나이 들수록 기대
여명이 줄어들어서 더 빠르게 느껴진다는 것인가,

아니면 어차피 지나온 시간의 두께는 느껴지지
않으니 60년을 살아도 찰나로 느껴지고 80년을
살아도 찰나로 느껴져서 나이가 들수록 더 순식간에
지난 것처럼 느껴지는 것일까 짐작해 볼 뿐이다.
이렇게 가정해도 풀리지 않는 것이 있는데 내가 불과
10대일 때에도 시간은 빨랐고, 오늘 하루만 따져 봐도
시간이 빠르게 지나갔다는 것이다.

내가 경주에 내려온 2013년에는 유독 많은 일이
있었는데 그해에 살았던 집만 꼽아 봐도 서울에서
살다가 황오동 월세방에서 한 달 살고, 구황동
별채에서 다섯 달 살고, 한옥집으로 이사했으니
이사를 세 번 한 셈이다. 1월에는 결혼도 하고 2월에는
한의원 공사하고 3월부터는 진료를 시작해서 6월에는
한옥집 수리를 하고 8월에는 첫아이까지 얻었으니
정말이지 눈코 뜰 새 없이 바빴다. 지나고 보니
한 해가 몇 년처럼 느껴졌다. 아이가 태어난 뒤로는
빠르게 커 가는 아이에 발맞춰 다양한 경험을 했다.
그밖에도 게스트하우스, 동네책방 운영, 한의원 이전
등의 굵직굵직한 일들도 계속 있었다. 진료도 해야
하고 놀러 가기도 바쁘고 다른 일들도 구상해야 해서

몸도 마음도 가만히 있을 틈이 없었다. 그런가 하면
2019년에는 안정된 시스템을 만들고 쉬고 싶다는
생각에 큰 변화 없이 보냈는데 그때도 시간은 여전히
빠르게 흘렀다. 다만, 그해에는 기억나는 일이 적었다.

　2020년에는 200일의 안식년을 가졌는데 코로나19
때문에 본래 하려던 계획은 실행하지 못했다.
아이들도 등교, 등원하지 않는 날이 많아서 함께
집에 있는 시간이 많았다. 생활에 제약이 많았지만
마침 마당 있는 주택에 사는 데다가 경주에는 야외
공간이 많으니 부지런히 놀러 다닐 수 있었다. 덕분에
6세, 8세 두 아이는 보조 바퀴를 떼고 자전거를
타게 되었다. 아내와 나는 드디어 자전거에서 유아용
안장을 떼어 냈다. 내친김에 나는 묵직한 접이식
자전거로 낙동강 자전거길을 가기도 했다. 여기저기
매일같이 자전거 타고 다닌 사진을 SNS에 올리던
아내는 잡지사의 요청으로 글도 썼다. 봄에는 벚꽃
아래서 캐치볼을 하고 여름에는 공원에서 사슴벌레를
잡았다. 가을에는 경주 남산 정상의 칠불암에
아이들과 함께 다니고 겨울에는 꽝꽝 언 형산강에서
썰매를 탔다. 놀 때도 시간은 빠르게 흘렀지만

기억나는 일은 많았다.

바쁘게 일할 때도 시간은 빨랐고, 여유 있는 일상을 보낼 때도 시간은 빨랐으며 아무 계획 없이 놀 때도 시간은 빨랐다. 내가 경험한 시간은 늘 빨랐다. 시간이 느렸던 때는 오로지 시간이 빨리 좀 흘렀으면 하고 바랄 때였다. 그리고 그런 때조차도 시간은 빠르게 지나간다. 너무 빨라서 내가 뒤쫓아갈 수도 없다. 빛의 속도는 1초에 30만km, 지구 7바퀴 반을 도는 것보다 더 빠르게 쫓아가야만 지나간 시간을 잡을 수 있다고, 과거로 갈 수 있다고 아인슈타인이 계산했다. 시간은 항상 빠른데 같은 시간이더라도 기억나는 일이 많은 시간도 있고 기억나는 일이 적은 시간도 있다.

그러다 문득 이런 생각이 들었다. 어제 같은 오늘, 오늘 같은 내일처럼 구분되지 않는 한 달, 일 년을 보내면 아무리 긴 시간도 그냥 하루처럼 느껴질 수도 있겠구나. 놀이동산에서 같은 놀이기구만 타는 것과 같을 수 있겠구나.

아이가 어릴 때는 하루하루가 달랐다. 옹알이조차 못할 때도 있었는데, 어느새 손을 꼼지락거리고 몸을 뒤집고 말을 하고 벽을 짚고 일어선다. 1년 사이에

일어나는 일인데 재활치료와 비교하면 하루하루
기적 같은 변화를 보이는 것이다. 꼭 아이 키울 때만
이런 경험을 하는 것은 아니어서 농부처럼 채소와
가축을 키우거나 등산가처럼 자연과 밀접한 생활을
하는 사람들도 하루하루의 변화를 느낄 것이다.

폴 오스터의 단편소설을 영화화한 〈스모크〉를 대학
때 수업 과제로 보고 감상평을 썼다. 그 당시엔
지루하게 보았는데 나이 들수록 여러 장면을
반추하게 된다. 영화에서 소설가 폴은 담뱃가게
주인인 오기와 친해진다. 아마추어 사진가인 오기는
매일 같은 장소에서 한 장씩 사진을 찍는다. 오기가
그 사진첩을 폴에게 보여 주자 폴은 '같은 장소잖아'
하면서 사진첩을 휙휙 넘긴다. 매일 다르다며 천천히
보아야 알 수 있다고 오기는 폴에게 말한다. 오기의
조언대로 천천히 사진첩을 넘기던 폴은 사별한
아내가 행인으로 찍혀 있는 사진을 보고 오열한다.

　나는 매우 규칙적으로 생활한다. 아침에 일어나고
책을 좀 읽다가 운동하고 식사 후에 출근한다.
오후에는 아이와 함께 잠깐 공부하고 늦지 않게 잔다.
약속이 있는 날도 드물다. 아침에 읽는 책은 몇 년째

같고, 아내와 아침에 자전거 타는 코스도 동일하고
한의원에서 만나는 분들도 초진 몇 분을 제외하면
익숙한 분들이다. 코로나19 이후에는 여행에도
제약이 많아 전보다 활동 반경이 많이 줄었다. 오기의
사진첩처럼 늘 같은 하루로 보일 수 있다. 나는 나의
하루를 천천히 본다. 〈대학〉과 〈중용〉을 읽으며 그날
하루 기억할 문장을 필사한다. 그 문장은 그날의
화두가 되어 오늘을 어제와 다른 날로 만들어 준다.
자전거 코스에 보이는 풍경은 하루하루가 다르다.
계절의 변화를 느끼는 것에서 행복을 발견한다.
겨울에 왔던 오리들이 사라지고 벚꽃이 피더니
제비가 왔다. 한의원에 오시는 분들도 제각각 다른
소식을 들려준다. 절에서는 공양 대신 떡을 준다는
얘기를 듣기도 하고, 강아지를 키우기 시작했다는
얘기를 듣기도 한다.

　이전보다 만남, 모임, 여행이 위축된 것은 맞다.
나는 영창에 있을 때처럼 이 시간이 빨리 지나갔으면
하고 바라지 않는다. 초속 30만km면 이미 충분히
빠르다. 변화가 적어진 덕분에 나는 하루하루를 더
찬찬히 들여다본다. 아이는 어제와 비슷해 보이지만

어제와 똑같은 아이가 아니다. 작년 사진을 보면
더 명확히 알 수 있다. 아내가 끓여 준 된장찌개도
똑같은 된장찌개가 아니다. 오늘은 결코 다시 만날
수 없는 시간들이다. 나도 어제의 내가 아니고 작년의
내가 아니다. 나는 작년보다 행복을 발견하는 데
더 기민해졌다. 어떻게 이런 세상에서 살고 있을까,
기적이다. 나는 감사함에 울컥한다.

쏙 빼닮았다

많은 사람이 병원과 의원을 정확히 구분하지 않고
쓸 때가 많다. 병원과 의원의 가장 큰 차이는 병상
규모다. 입원 병상이 없거나 30병상 미만이면
의원급이다. 가장 먼저 가는 1차 의료기관인
소아과 의원, 내과 의원, 외과 의원, 치과 의원,
한의원은 병상이 없거나 30병상 미만이기에
'의원'이다. 30병상이 넘으면 병원, 100병상이 넘으면
종합병원이다. 그래서 한의원만 있는 것이 아니라
한방병원도 있다. 각각의 역할이 다르고 강점이
다르다.

　의원은 원장이 바뀌는 경우가 적다. 자신이 만든
의원이기 때문이다. 멀리 이사갈 때나 다른 의사에게
양도하지, 가까운 곳으로 이사갈 때는 간판을 들고

간다. 나도 황오동 9평 한의원에서 4년간 진료하고
231m 떨어진 곳으로 이사할 때 간판을 들고 왔다.
그래서 오랫동안 보아 온 분들이 많다. 병원은 의사가
바뀌는 일이 상대적으로 많고 근무 의사가 많다 보니
같은 의사에게 진료 받지 못할 수도 있다. 무엇보다
병원에는 가는 일이 적다 보니 의사가 나를 기억하지
못할 가능성이 높다.

갑자기 머리가 아프다며 오시는 분들이 종종 있다.
50세 이하의 분들은 두통 때문에 얼굴을 찡그리고
오지만 60세가 넘은 분들은 두려움을 안고 온다.
뇌혈관 질환을 염려하는 것이다. 대개는 두통 부위와
복진을 보아 침 치료를 하지만 두려움을 갖고 있는
분들은 간단한 검사를 한다. 동공반사, 혀 모양,
피부 감각, 좌우 근력을 비교해 정상임을 확인하고
안심시켜 드린다. 그분들에게 뇌혈관 질환에 대한
걱정이 크지 통증은 대수롭지 않다. 생긴 지 며칠
안 된 두통은 처음 침 맞을 때부터 통증이 줄어들어
수회 안에 치료가 끝난다.

동공반사, 혀 모양, 피부 감각, 좌우 근력 검사에서
이상이 발견되어 지체 없이 근처 대학병원으로 보낸

적도 몇 번 있다. 영상검사 후 늦지 않게 치료할 수
있었다는 이야기를 보호자에게 전해 들었다. 그러나
이런 일이 염려되어 두통이 생길 때마다 영상 검사를
하는 것은 적절하지 않다. 두통약 판매 횟수만큼
MRI 검사를 할 수는 없지 않은가. 그래서 의원이
필요하고 병원이 필요하고 종합병원이 필요하다.

　　나는 어디든 집에서 가깝고 마음이 잘 맞고
신뢰할 만한 단골 의원을 두시라 말한다. 말하자면
'주치의' 같은 것이다. 가족이 같은 병원에 다니는
것도 좋다. 유전 병력이나 생활 환경, 습관 등에서
큰 도움이 된다. 우리 한의원에도 삼대가 내원하는
가족이 많이 있다. 경주의 인구가 많지 않고 독립한
후에도 경주에서 사는 사람들이 많은 까닭이다.
덕분에 재미있는 경우도 많이 있다. 선우네는
외할머니부터 내원하기 시작했다. 이후에 선우
엄마가, 선우가, 선우 아빠가 진료를 받았다. 선우는
아빠를 쏙 빼닮았다. 선우 아버지는 본래 건강한
체질인 데다가 건강관리를 잘하고 계셔서 큰 문제가
없다. 가끔 자전거를 많이 타다가 허리나 다리가
아파서 오신다. 귀에서 소리가 난다며 오셨을 때는

풍지혈이 있는 뒷목의 긴장을 풀어 주니 나았다.
이후에는 선우 큰아버지가 내원했는데 5년 뒤의
선우 아버지 모습을 보는 것 같았다. 역시 무척
건강했다. 마지막으로 선우 할아버지가 내원하셨는데
차트를 보지 않고도 누구인지 알 수 있었다. "누구
할아버지이신지 알겠습니다. 삼대가 똑같이 생겼네요.
아주 강한 유전자를 물려주셨어요. 덕분에 다들
건강하고요"라고 즐겁게 인사를 건넸다.

너구리도 사는데

너구리가 도로에 있었다. 일요일 이른 아침 아이들과
함께 왕우렁이알을 채집하러 가는 길이었다. 신기한
광경에 아이들은 흥분했고 나는 사진을 찍으려고
허둥댔다. 아직 덜 자란 듯한 너구리는 방향을
잃고 도로를 어정쩡하게 누비고 있었다. 다행히
도로를 벗어났지만 자칫 위험해 보여서 갓길에 차를
세우고 너구리를 보고 있었다. 너구리가 다시 도로
가운데로 굼뜨게 움직였다. 달려오던 검은 승용차가
다행히 멈추었지만 너구리는 쉽사리 도로 밖으로
비켜나지 않았다. 검은 차에는 표정이 드러나지
않지만 흥분하고 약간은 당황했을 차 안의 상황이
그려졌다. 저러다가 너구리가 위험하겠다 싶어서
달려가 너구리를 데려왔다. 마침 차 안에 있던 대형

채집통에 넣었다. 안전한 곳에 차를 대고 너구리를
꺼내 주었는데 움직임이 어설펐다. 아이들이 너구리를
보고 있는 사이에 검색을 해 보니 너구리는 개과
중 가장 원시적인 동물이라고 한다. '원시적인'의
의미가 한 번에 와 닿지 않았다. 오래전부터 있었던
동물이라는 뜻일까? 이 외의 다른 설명들, '몸은
땅딸막하고 네 다리는 짧으며', '야행성 동물이지만
가끔 낮에도 숲속에 나타날 때가 있다', '경계심이
부족하기 때문에 쉽게 덫에 걸리며, 짧은 다리에 비해
몸집이 비대하기 때문에 빨리 달리지 못한다', '다소
둔해 보이는 외모 때문에 의뭉스럽고 미련한 동물로
인식되기도 한다'라는 특징들은 내 눈 앞에 있는
너구리와 일치했다.

　잠시 데리고 있다가 물이 흐르는 숲에 놓아
주었는데 마침 지나가던 아주머니가 집에서 기르던
거냐고 물었다. 불법성을 의심하는 것 같아 방금
도로에서 구조한 것이라고 해명했는데 천천히 숲으로
사라지는 너구리를 향해 여덟 살 큰아이가 "리코야,
잘 가"라며 인사했다. 왜 그런 이름을 붙였는지
모르겠지만 아주머니의 의혹을 키우기에는 충분했다.

"방금 만났는데 그새 이름을 지어 줬나 봐?"

너구리는 잽싸게 달아나지 않고 미련이라도 남은
듯 굼뜨게 움직였다. 게다가 아이들은 너구리 이름을
부르고, 아주머니는 석연치 않았겠지만 어쨌든
너구리도 갔고 아주머니도 갔다. 뭐 이런 오해는 흔히
있는 일이다. 그보다는 저렇게 굼뜬 너구리가 앞으로
잘 살아 나갈지 걱정이 됐다.

한의원을 하면 진료만 하면 될 것 같지만 그렇지
않다. 인품도 실력도 나무랄 데 없지만 경영은 어려운
선배 한의사도 많이 보았다. 때로는 사람의 문제가
아니라 입지의 문제라고밖에 보이지 않는 곳도 있다.
한 번 자리를 정하면 옮기기가 쉽지 않으니 입지는
정말 중요하다. 그러니 자신에게 맞는 입지를 보는
안목도 있어야 한다. 입지를 정한 뒤에도 프랜차이즈
가맹점에 가입하지 않은 이상 인테리어, 홍보 방법
등도 정해야 한다. 한의학 공부만 하면 될 줄 알았으니
그런 능력이 있을 리 없다.

다른 자영업도 그렇겠지만 한의원도 세무서,
보건소, 건강보험심사평가원 등 가 봐야 하는 곳도
많고 작성해야 하는 서류도 많다. 직원을 고용하니

4대 보험 신고에 근로계약서 작성도 해야 한다.
면접으로 좋은 직원만 잘 뽑으면 될 것 같지만 그런
직원은 흔치 않다. '알아서 잘 하겠지'가 아니라
전화 받는 멘트, 상담하는 요령 등 직원들의 업무도
하나하나 알려 줘야 한다. 고객을 대하는 태도,
내 몸가짐과 마음가짐을 살피는 것도 중요한 일이다.
그렇게 해서 진료를 시작했다고 하더라도 경영이
원활하냐는 별개의 문제다. 월급을 받을 때는 내
월급만큼만 신경 쓰면 되는데 한의원을 경영하면
금액의 규모가 커진다. 나가는 돈, 들어오는 돈의
규모가 커지다 보니 자칫 흐름을 놓칠 경우에
마이너스 통장을 쓰게 되기도 한다. 몇 년 좌충우돌
해 가며 능숙해지면 빚도 갚고 예금도 조금 생기는데
그제야 깨닫는 것은 나는 돈을 굴릴 줄 모른다는
사실이다. 주변을 살펴보니 어느새 재테크로 재미를
보고 있는 사람들이 보인다. 그 사이 아이들이 자랐고
아이들 교육에 대한 걱정도 생긴다. 세상은 예측할
수 없게 급변하기에 석학들의 미래에 대한 진단에도
귀 기울여야 할 것 같고, 나를 알고 인류의 과거를
알아야 나아갈 길을 알 수 있다는 인문학자들의

얘기도 그럴 듯하다. 조급한 마음에 이것저것
분야별로 책을 사다 보니 책은 점점 늘어나 이제는
책장이 모자랄 지경이고 내가 활용할 수 있는 시간은
한정적이다. 뭐 이렇게 할 게 많아!

　'오생야유애이지야무애吾生也有涯而知也無涯', '우리
인간의 삶은 끝이 있지만 앎에는 끝이 없다'라는
의미로, 〈장자〉에 나오는 말이다. 자칫 잘못 이해하면
앎에는 끝이 없으니 부지런히 노력하라는 뜻으로
들린다. 다음 문장은 이렇다.

　'이유애수무애태이以有涯隨無涯殆已', '유한한 생명을
가지고 무한한 지식을 추구하니 위태로울 따름이다.'
그렇구나. 하려고 찾으면 해야 하는 일은 무한히 많은
것이었구나. 다 할 수가 없는 것이었구나….

　숲에는 너구리보다 날래고 영악한 동물도 있을
것이다. 그 속에서 너구리도 사는데 법률과 사회
보장 제도까지 있는 사회에서 내가 힘들 이유가
뭔가 하는 생각이 들었다. 너구리가 족제비처럼
날랠 수는 없다. 너구리가 여우처럼 영악할 수는
없다. 그래도 너구리는 오래 살아남았다. 오죽하면
'개과 중 가장 원시적인 동물'이라고 할까. 내가

부동산 투자자처럼 입지를 보는 안목이 있을 리
없다. 인테리어 디자이너처럼 공간을 꾸밀 줄도
모른다. 경영 컨설턴트처럼 사업하는 요령도 모르고
재무상담자처럼 투자하는 방법도 모른다. 너구리와
족제비와 여우가 다르듯이 각자의 역할이 다른
것이다. 내가 가진 유한의 시간으로 무한의 역할을 다
하려니 숨이 찬 것이었다.

　그 후로 많은 일로 머리가 복잡하면 어리숙해
보였던 너구리를 떠올린다. 다 잘할 필요가 없을지
몰라. 다 할 필요도 없을지 몰라. 굼뜬 너구리도
사는데.

그럼 무슨 재미로 살라고

어느 자료에서 국가별 성관계 평균 횟수를 비교한
것을 본 적이 있다. 보통 1년에 100회를 넘거나
100회에 육박했던 것에 비해 일본과 우리나라의
통계는 참담할 정도였다. 다른 자료에서도 우리나라와
일본이 세계 최하위인 것은 마찬가지였다. 누군가는
정력에 대한 관심은 그렇게 높은데, 아이러니하다고
했다. 하지만 사실 정력에 대한 관심이 높다는 것은
정력이 약하다는 반증이기도 하다. 어떤 집에 갔을 때
약병이 가득 있으면 그 사람이 병약하다는 뜻이듯이
말이다. 농담처럼 하는 '수저 들 기운만 있으면'이라는
말은 농담이 아니어야 좋다. 성은 부끄러운 것이
아니다. 나이 드는 것 또한 부끄러운 일이 아니다.
일본 삿포로 의과대학의 연구에 따르면 80대 전반의

34%, 70대 후반의 55%, 70대 전반의 65%, 60대
후반의 79%가 지속적인 성생활을 영위한다고 한다.

정력精力은 단지 성적인 능력만을 뜻하는 것이
아니다. 심신의 기본 체력을 뜻한다. 그래서 정력이
있어야 정신精神도 온전할 수 있고, 정자精子도 생긴다.
육체노동이든 정신노동이든 다른 곳에 힘을 다 소진해
버리면 집에 와서 쓸 힘이 없다. 업무든 회식이든
밖에서 녹초가 되면 집에 와서 쓰러질 수밖에. 이런
상태에서 발기부전 치료제를 먹는 것은 마른 걸레를
쥐어짜 물 한 방울을 얻는 것과 같다.

진료하다 보면 여성에게는 생리 상태를, 남성에게는
아침 발기 여부를 묻고, 성관계 횟수를 물을 때가
있다. 건강 상태를 확인하는 기본 사항이기 때문이다.
나이 드신 분들은 물론이거니와 30대나 40대에도
문제가 있는 경우가 많다. 특히 신장은 정력과 관계가
있는 장부臟腑인데, 당뇨도 신장과 연관이 깊다. 60대인
현명남 님은 이미 인슐린 주사도 맞고 계시고, 신장
문제로 인한 야간소변 증상도 갖고 계셨다. 그래서
부부관계는 삼가시고 설령 하시더라도 사정射精하시면
안 된다고 말씀드렸다. 그랬더니 "그럼 무슨 재미로

살라고"라며 반문하시기에 내심 놀랐다. 그 연세의
분께 그런 대답은 처음 들었다.

흔히 경상도 남자는 무뚝뚝하다고들 한다. 하지만
현명남 님에게는 해당되지 않는 말이다. 현명남 님은
아내가 허리를 다치셔서 치료받으러 내원하시며
처음 만났다. 현명남 님은 자동문으로 나가실 때도
꼭 아내의 손을 잡아 주고 늘 아내를 배려하는
것이 몸에 배어 있다. 경주 토박이인 최 선생님은
그 모습을 보며 경주에서 보기 힘든 모습이라 했다.
보문호수를 걷다 만났을 때에도 두 분은 손을 꼭 잡고
계셨다.

현명남 님은 보스턴 마라톤까지 다녀오시고,
경주와 포항을 아우르는 마라톤클럽의 회장을 맡았을
정도로 건강 관리를 무척 잘하고 계신다. 그러나 젊은
시절에는 술도 많이 마시고 체중도 많이 나갔다고
한다. 건강을 크게 상한 뒤에 문제를 깨닫고 운동을
시작해 마라토너가 된 것이다. 건강을 잃은 경우는
흔하지만 그것으로부터 배우고 생활을 바꾸는
경우는 흔하지 않다. 과거의 여파로 인슐린 주사를
맞고 계시지만 현명남 님은 무척 건강하시다. "그럼

무슨 재미로 살라고"라는 대답이 그 증거다.

50대 남성인 강한기 님은 성욕이 생기지 않는다고 했다. 비염, 팔꿈치, 무릎 등 여러 치료를 받으며 신뢰를 쌓은 후에야 털어놓은 이야기였다. 50대가 되니 자연스러운 현상인가 싶어 어디 말하기도 어렵다고 했다. 성욕감퇴를 대할 때는 신체 문제인지, 심리 문제인지 구분해야 한다. 우선 아침에 잠에서 깰 때 발기되는 횟수를 확인했는데 전혀 없다고 했다. 그러면 신체 문제에 도울 부분이 있는 것이다. 운동과 복약 치료를 시작했다. 단, 주의해야 할 부분이 있었다. 이러한 치료는 우물에 물을 채우는 것과 같다. 마른 상태이다가 물이 조금 차면 기쁜 마음에 물을 길어 내기 쉽다. 아직은 마중물을 채워 넣는 단계인데 그것을 비워 버리면 치료 기간만 길어지고 성과가 적다. 그래서 물이 가득 채워질 때까지 길어 내서는 안 되며, 물이 채워진 다음에는 저절로 물이 채워지는 만큼만 써야 한다. 생기는 것보다 쓰는 것이 많으면 다시 바닥이 드러나기 쉽다. 그래서 치료를 시작하면 부부관계 욕구가 생길 텐데 치료 기간 동안은 성관계를 절대 삼가야 한다고 당부했다. 자기 관리가

무척 중요한 치료이다. 강한기 님이 나를 신뢰하는
것처럼 나도 강한기 님을 신뢰하기에 시작할 수 있는
치료이다.

　이후 1개월이 지나자 강한기 님은 일주일에 두 번은
기분 좋게 일어난다고 했다. 그동안의 꾸준한 치료와
관리 덕분에 성과가 빨리 나타났다. 다시 1개월이
지나자 아침에 기분 좋게 일어나는 일이 주 4회로
늘어났다. 나이를 감안할 때 이 정도면 70점 이상이다.
이후 80점, 90점은 굳이 내가 도와드리지 않아도
꾸준한 자기 관리를 통해 성취할 수 있다. 강한기
님은 그 후 1년에 걸쳐 체중을 5kg 감량하고 운동도
꾸준히 했다. 걷기부터 시작해서 근력운동으로
운동 강도와 시간을 점차 늘렸는데 근육량만
5kg을 늘려서 탄탄한 체격이 되었다. 워낙 이상적인
변화라서 특별히 기억에 남는다.

　부부관계에 어려움을 겪을 때는 심리 문제도
반드시 살펴야 한다. 상대방에게 주눅이 들어 있을
수도 있고, 너무 익숙해져서 상대의 매력을 못 볼
수도 있다. 어떤 경우든지 내가 진료하고 있는 분을
통해서 문제를 풀어야지 한의원에 오지 않은 배우자를

통해서 문제를 풀 수는 없다. 본인의 문제를 짚어 주지 않고 배우자의 문제만 짚어 주었다가는 그날 밤 부부싸움이 생기고 나는 '몹쓸 한의사'가 될 것이다.

40대 여성이 남편의 문제로 상담을 요청하셨다. 부부 사이는 좋은데 부부관계가 없는 것이었다. 남편은 조조발기가 없었지만 치료를 원하지 않았다. 본인이 원하지 않는데 시도할 경우 자존심을 건드려 오히려 역효과가 날 수 있다. 지금은 물러날 때이지 밀어붙일 때가 아니다. 이런 경우에는 사랑과 성욕이 때로 별개일 수도 있는 것임을 이해하는 지혜가 필요하다. 남편은 치료를 원하지 않는 것뿐이지 아내를 사랑하지 않는다는 뜻이 아니다. 우리는 배우자가 나와 함께 배드민턴을 치지 않는다고, 자전거를 타지 않는다고 사랑을 의심하지는 않는다. 물론 함께 배드민턴을 치고 자전거 타기를 즐긴다면 더 즐겁겠지만. 사랑과 애욕의 문제를 구분하고 현명하게 풀어내는 방법도 있겠지만 그것은 결국 부부 간의 관계에서 풀어야 할 문제이지, 내가 어찌할 수 있는 것이 아니다.

강한기 님의 치료를 시작할 때도 이 점을

말씀드렸다. 주 3회 이상 아침 기상 시에 발기가
되면 신체 문제는 해소된 것이라고, 그러나 그때에도
배우자에게 욕구가 생기지 않는다면 내가 배우자의
매력과 장점을 보지 못하는 것이라고.

　아기도 성인처럼 눈으로 온갖 사물과 색깔을
다 본다. 너무 많은 정보가 눈을 통해 쏟아져
들어오니 무엇에 주목해야 하는지 모를 뿐이다.
그래서 계속 두리번거리면서 전에 본 것, 익숙한
것을 지우는 훈련을 한다. 그래야 꼭 필요한 정보를
골라낼 수 있다. 우리가 무언가를 본다는 것은 보이는
100가지 중에 99가지를 지우는 훈련을 통해 얻은
능력이다. 사물이나 상황을 효율적으로 인식하기 위한
방법이지만 익숙한 것을 못 보게 되는 이유이기도
하다. 우리가 아무리 인테리어에 공을 들여도 1년
지나면 그저 그렇게 보이는 까닭이다. 생화는 변화가
있으니 눈길이 가지만 조화는 눈길이 잘 가지
않는다. 우리의 이러한 인지행동을 알면 인테리어에
대대적인 변화를 주는 것보다 작은 변화를 주는
것이 효과적임을 안다. 어차피 몇 개월이면 익숙해질
것이니 가구를 바꾸는 것이 아니라 식탁보를 바꾸고,

화분을 바꾸는 것이 아니라 화분이 놓인 위치를
바꾸는 것이다. 가구나 화분이 문제가 아니라 이미
본 것은 '대수롭지 않은 것으로 무시'하는 내 인지
효율성 때문이다.

만약 이성과 결혼했다면 동시대에 살고 있는
40억 명의 이성 중에 나와 가장 잘 맞는 한 명을
선택한 것이다. 40억 분의 1인 배우자의 장점과
매력을 어느덧 '대수롭지 않은 것'으로 여기고 있음을
자각해야 한다. 오늘 처음 만난 사람처럼 볼 줄
아는 것이 지혜이다. 사실 사람은 매일 변화한다. 눈
밝은 이들은 이것을 알아본다. 잃은 후에야 그것의
소중함을 아는 것은 어리석은 일이라고 강한기
님에게 말씀드렸다. 결과는? 공자님, 부처님, 예수님,
할렐루야.

황혼의 잠 못 드는 밤

박꽃분 님은 개원하고 첫해부터 한의원에 오시던
분이다. 큰아이가 아내 뱃속에 있을 때부터 오셨는데
이제 그 애가 초등학교에 간다. 아이들을 보면 그냥
지나치지 못하시고 천 원짜리 몇 장이라도 쥐여
주신다. 그것이 그분의 사랑임을 안다. 아이들이
받은 용돈은 아이들의 통장에 박꽃분 님 이름으로
입금한다. 나중에 아이들이 그 통장에 적힌 이름들을
보며 자신이 받은 사랑을 알지 않을까 한다.

관공서에서 청소 일을 하시던 박꽃분 님은
간식으로 나온 두유도 모았다가 갖다 주셨다. 자신은
두유 마시면 소화가 안 된다고 하셨다. 설과 추석
명절에는 항상 고급 양말을 선물해 주셨다. 한의원
식구가 적어도 세 명, 많이 있을 때는 여섯 명이어서

적은 금액이 아닐 텐데도 한 번도 거르지 않고 양말을
주셨다. 부득이 한의원 식구 모두를 챙겨주기 어려운
것은 따로 불러내어 선물해 주셨다. 식혜, 쌈장, 과일
등 여러 선물을 받았다. 그런 분이기에 나도 각별히
마음이 갔다.

박꽃분 님은 무척 깔끔하셔서 목욕탕도 매일
가신다. 옷도 단정하게 입으시고 행동도 조신하시다.
나이 드신 분들은 피부가 건조해서 관리를 잘해도
피부의 각질이 떨어지기 쉬운데 유독 피부도
매끄럽다. 그런 박꽃분 님에게도 걱정이 있는데
손떨림과 불면이었다. 말씀하실 때 입가의 떨림도
보이지만 안심시키는 말씀만 드렸다. 종합검진에서
낯선 질환명을 듣고 오셨을 때도 몇 번이고 그것에
대해 설명 드리며 병에 대한 걱정은 제가 할 테니
박꽃분 님은 안심하시라고 했다. 병에 대한 생각과
걱정으로 밤을 지새우실 것을 알기 때문이었다.

하시던 일을 그만둔 후에는 노인일자리사업을
통해 어린이집에서 아이들에게 음식 담아 주는 일을
시작하셨다. 국 떠 줄 때 손이 떨리면 어쩌나 무척
걱정하시기에 악력공을 드리고 수시로 주무르시라고

했다. 근육이 생기면 떨림이 줄어들지만 효과를 볼
정도로 꾸준히 하시는 분은 드물다. 하지만 박꽃분
님은 몇 달 후 손도 덜 떨리고 일도 잘하고 있다며
기뻐하시며 공이 물러졌다고 하시기에 새 악력공을
드렸다. 공이 물러질 정도로 하셨다니 나도 기뻤다.

그렇지만 숙면을 도와드리기는 어려웠다. 자식들도
독립하고 혼자되신 지 오래되어 아파트에서 홀로
사시기 때문이다. 박꽃분 님만의 문제가 아니라 같은
처지의 분들이 많다. 과해진 생각이나 걱정 때문에
불면이 생긴 경우에는 치료하는 방법이 있지만
빈 공간을 사람의 온기로 채울 방법은 마땅하지 않다.
그래서 정약용 선생도 혼자되신 부모에게 친구를
만들어 드리는 것이 효도라고 했을 것이다.

박꽃분 님보다 세 살 위인 지화자 님도 같은
어려움을 갖고 계셨다. 노후를 보내려고 새 집을 지은
얼마 뒤 남편분이 돌아가셔서 그 집에 혼자 사신 지
오래되었다. 꽃을 유난히 좋아하셔서 예쁜 화단이
눈에 띄는 집이다. 지화자 님이 잘 키운 꽃과 나무도
여러 번 선물 받았다. 지화자 님이 주셔서 마당에 심은
찔레꽃도 이제는 제법 컸다.

지화자 님의 아들은 인물도 좋고 효심도 깊다.
부드럽고 다정한 성품의 아들이 종종 지화자 님
댁에서 자고 간다고 했다. 지화자 님은 평소에 못
자다가 아들이 온 날이면 푹 주무신다고 했다. 서로
다른 방에서 자는데도 집안의 온기가 다르다고
하셨다. 안타깝게도 지화자 님이나 박꽃분 님의
불면은 어떻게 하면 해결되는지 알지만 풀어 드리기
어렵다. 본인들도 알고 계실 것이다.

오랫동안 한의원에 오시는 분들은 대개 자신이
선호하는 시간이 있다. 어린이집의 방학이 길어지면서
어린이집에서 일하시던 박꽃분 님이 한의원에
오는 시간을 바꾸셨다. 그러면서 지화자 님과 몇
번 만나시더니 친해지셨다. 같은 동네에 살고 같은
목욕탕에 다니고, 한의원에도 오래 다니셨는데
이제야 서로를 알게 되셨다. 박꽃분 님은 목욕탕이
문 열 때 가시고, 지화자 님은 낮에 가시기 때문이다.
금세 친해진 두 분은 서로 한의원 오는 시간 약속을
하시고 침 맞는 내내 나란히 앉으셔서 도란도란
얘기를 나누신다. 그렇게 담소하는 두 분을 보면서
몇 년 된 내 근심도 사라졌다.

한의원에는 의료보험이 적용되는 가루약과
연조엑스제가 있다. 65세 이상인 분들에게는 보험약을
드려도 대개 2500원이 넘지 않는다. 박꽃분 님이
잘 자게 하는 약을 달라고 하셔서 가미소요산을
드렸다. 그리고 얼마 뒤 지화자 님과 친구가 되셨다.
박꽃분 님은 요즘 먹고 있는 약이 참 잘 든다며,
잠을 잘 잔다고 기뻐하셨다. 나는 약 때문이 아님을
안다. 이전에도 같은 약을 드린 적이 있기 때문이다.
두 분에게는 서로가 보약이라고 말씀드리자 김
선생님이 '보약 같은 친구'란 노래도 있다며 거든다.
박꽃분 님도, 지화자 님도, 나도 김 선생님도 모두
유쾌하게 웃었다. 그렇다. 보기만 해도, 얘기만 나눠도
즐거워지고 잠도 잘 온다니 이보다 좋은 보약이 어디
있겠는가. 두 분에게는 서로가 축복이다.

생각은 자유롭되, 행동은 조심스럽게

진료할 때 항상 유념하는 것은 '우리는 여전히
동물'이라는 점이다. 사회 환경은 크게 바뀌었지만
우리의 몸은 농경이 시작되기 전과 같다. 100년
전에 살던 사람의 몸과 나의 몸의 생리 작용은
달라지지 않았지만 생활 방식은 크게 바뀌었다.
과거에는 두 다리를 계속 움직여야 했지만 지금은
전혀 안 걷고도 살 수 있다. 과거에는 음식이 부족할
때도 수시로 있었지만 지금은 하루 종일, 1년 내내
계속 먹을 수도 있다. 그래서 과거에 비해 얼마나
움직이지 않는지, 얼마나 더 먹는지, 얼마나 생활
리듬이 바뀌었는지(자고 일어나는 시간이 어떤지)
살핀다. 과거의 사람들과 현재의 사람들의 하드웨어는
동일하다. 몸이 바뀌지 않은 것을 고려하지 않고

생활하면 다리 근육은 빠지고 배에 지방은 늘어나는
등 온갖 질병에 시달리게 된다. 여전히 갖고 있는 우리
몸의 한계를 인식하는 것이 중요하다.

의식에 있어서는 어떨까? '우리는 여전히
동물'이라고 할 만한 것이 무엇이며 과거와 바뀐
것은 무엇일까? 이 같은 궁금증을 가진 사람들이
유인원 사회를 연구했다. 원숭이는 사람처럼 무리를
지어 사는데 우두머리인 알파수컷은 다른 수컷 몇
마리와 지배층을 만든다. 무리에 있는 새끼들은 모두
이 알파수컷 무리의 유전자를 갖고 있다. 사람들은
인간 집단을 기준으로 좋은 것은 선, 그렇지 않은
것은 악이라고 한다. 어떠한 절대 기준을 정해 놓고
그것만이 선, 또는 신의 뜻이라고 하기도 한다. 그러나
자연에는 선악이 없다. 선악을 구분하는 것은 인간의
기준일 뿐이다. 내 마음에 들면 선, 그렇지 않으면
악으로 정했을 뿐이다. 그래서 원숭이에게 선악을
가르치는 것은 원숭이에게 평등이라는 개념을
가르쳐서 일부일처제 사회를 만드는 것만큼이나
어렵다. 〈사피엔스〉의 저자 유발 하라리도 인간의
능력은 실재하지 않는 것을 믿고 이를 공유하는

것이라고 했다.

공자의 가르침을 한 마디로 요약하면 충忠과 서恕다
〈논어 이인편〉. '충'은 '자연의 이치'에 마음心의 중심中을
둔다는 뜻이다. '왕'이나 '국가'에 마음의 중심을
두는 것이라고(충성하는 것이라고) '충'을 해석하는
것은 본래의 뜻을 왜곡한 것이다. '서'는 내 마음心과
너의 마음心이 같다如는 뜻이다. 내가 하기 싫은
것을 남에게 시키지 말라는 것이다. 서로의 입장을
바꿔서 생각해 보는 것이다. 지능이 높은 동물일수록
공감하는 능력이 눈에 띈다. 상처를 입거나 몸이
약해진 고래가 스스로 헤엄칠 수 없어 물에
가라앉으면 다른 고래 여러 마리가 부축해서 수면
위로 올려 호흡을 도와준다. 코끼리도 그러한 행동을
한다. 개는 종이 다른 인간의 감정에도 공감하는
행동을 한다. 하물며 인간은, 아기 한 명이 울면 다른
아기도 그것에 공감해 함께 운다. 서로의 입장을
바꾸어 느낄 줄 안다는 뜻이다. 그러나 이러한 능력이
완벽하지는 않다. 그래서 공자는 '측은지심인지단야
惻隱之心仁之端也'라며 '어진 마음의 싹이 있다'고 했다.
어린 싹을 잘 키워 큰 나무로 자라게 하듯이 이러한

마음을 키우는 것이 공부學의 목표였다.

인간 사회는 이러한 방향으로 변해 왔다. 지배층과 피지배층으로 구분되는 신분제는 사라지고, 인종 피부색에 따른 차별도 금지한다. 성별에 따른 차별도 사라지는 중이고, 성적 취향이 다르다는 이유로 차별하는 것도 철폐 대상이 되고 있다. 이러한 방향으로 나아가는 것을 진보라고 부른다. 그러나 목표가 아무리 좋다고 하더라도 마구 내달릴 수는 없다. 몸은 바뀌지 않았는데 이를 무시하고 생활하면 병에 걸리듯이 그 뜻이 아무리 고결해 보여도 다른 사회 구성원의 한계를 무시하고 좇다 보면 갈등이 생긴다. 우리의 마음에도 관성이 있다. 기존의 것을 유지하고자 하는 것을 보수라고 부른다. 진보와 보수는 본래 갈등 관계이다. 내가 가진 것을 나누고 싶은 마음도 있지만 내가 가진 것을 놓고 싶지 않은 마음, 내게 없는 것을 갖고 싶은 마음도 있다. 선악으로 판단할 문제가 아니다.

성현이라 불리는 분들은 모두 같은 말씀을 하셨다. 부처는 자비를, 예수는 사랑을, 공자는 인仁을 말씀하셨다. '인'은 두二 사람人이 함께 사는 방법이다.

싸우지 말라는 뜻이다. 자비와 사랑 역시 싸우지
말라는 말씀이다.

여러 명이 함께 들어가는 치료실이 남자
어르신으로 가득 차면 정치 얘기로 뜨거워지곤
한다. 내가 지향하는 바와 다른 경우가 많다. 그러나
그것이 문제가 되지는 않는다. 자동차에도 엑셀과
브레이크가 필요하듯이 우리의 삶에도 진보와 보수가
모두 필요하다. 운전할 때는 속도 조절이 중요하다.
속도를 내고 싶더라도 속도방지턱이나 커브에서는
속도를 줄인다. 생각은 자유롭게 하되 행동은
조심스럽게 하는 것이 좋다.

아이들과 함께 애니메이션 〈주토피아〉를 보다가
대사 한마디에 깜짝 놀랐다. 초식동물과 육식동물이
함께 어우러져 만든 사회인 주토피아는 동물들의
유토피아다. 토끼가 경찰을 하기도 하고 재규어가
운전기사를 하기도 한다. 어느 날, 갑자기 야성을
드러낸 후 사라진 담비를 경찰인 토끼가 추적하는데
어둠의 대부인 땃쥐가 이런 조언을 해 준다.

"진화를 했더라도 근본적으로 우리는 여전히
동물이지."

포식자들이 야성에 빠진 이유는 권력을 장악하려는 부시장 양이 꾸민 음모였다. 포식자이건 피식자이건 절대 악과 절대 선은 없다. 상대를 증오하거나 자신이 모두를 지배하려는 욕심에 빠지는 순간 함께 살 수 없음은 확실하다. 그래서 성현들이 한결같이 '싸우지 말라'고 한 것이다.

치료실에서 나누는 이야기는 정치인들이 매일 다투기만 한다는 꾸지람으로 끝난다. 우리를 대신해 논쟁하는 것이 정치인의 일이니 다투는 것은 당연하다. 그런데 못마땅한 까닭은 사실에 근거한 것을 말하지 않고 인신공격을 하거나, 자신들이 시민의 대리인임을 잊고 권력에 취하는 것을 보기 때문이다. 그러나 그것 역시 우리의 한계이다. 우리와 마찬가지로 정치인들 역시 결점을 가진 인간이다. 언제든 주토피아의 양처럼 자신의 욕망에 빠질 수 있는 사람들이다. 이것이 우리가 정치에 계속 관심을 가져야 하는 까닭 아니겠는가.

그래서 더욱 나는 나와 다른 의견을 지닌 분들의 이야기도 편안히 듣는다. 시민들이 세련되어야 세련된 정치인을 뽑을 수 있을 테니.

꿈꾸는 자가 청춘이다

사업체를 운영하는 60대의 육경춘 님은 무기력증과
손떨림을 호소하며 내원했다. 이미 여러 검사를
통해 특별한 이상이 없음을 확인했으나 본인은
뭔가 다른 문제가 있을 것이라고 생각하고 검사를
거듭하고 있었다. 내가 보기에는 쉬지 않고 일하기만
해서 생긴 번아웃이었다. 말 그대로 하얗게 불태운
것이다. 60대이지만 힘없는 80대 노인처럼 목소리도
잦아들었다. 일하는 시간을 줄이고 쉬는 날에는 사업
생각을 하지 말라고 처방했다. 상담치료를 문의했으나
지금은 말을 하고 들을 기운도 없으실 테니 그저
멍하니 쉬라고 했다. 쉬어 본 적이 없어서 쉬는
방법조차 잊었다. 고개 숙이고 일만 해서 생긴 병이니
고개를 들어 구름을 보라고 했다. 때로 너무 간단한

처방이라서 믿지 못하기도 하고 그동안 살아온
습관의 관성에서 벗어나지 못하기도 한다.

한의학에서는 몸에서 가장 중요한 물질을
정精이라고 표현한다. '정'은 특히 신장과 관련이
있어서 신정腎精이라고도 하는데 첫날밤에 새신랑
발바닥을 때리는 것도 신장의 경락이 시작되는
용천혈을 자극하기 위함이다. 정력은 성적인 능력을
뜻하는 것이 아니라 사람의 기본 생명 에너지다.
그것이 넘쳐날 때 정력이 넘치는 사람이 되는 것이다.
정자를 함부로 배출하면 신정에도 문제가 생긴다.
동의보감에는 아이를 가질 때조차 아끼라고 했다.
육체의 힘을 쓸 때만 정이 소모되는 것이 아니다.
정신을 많이 쓸 때도 정이 소모된다. 이렇게 정력이든
정신이든 과로한 사람들이 갖는 증상이 신정부족인데
회복하는 데 시간이 많이 걸린다. 신장의 문제는 귀로
잘 나타나는데 신정부족으로 생기는 이명은 치료하기
어렵다.

육경춘 님은 정신의 소모조차 막아야 할
상황이었다. 나가는 구멍부터 막아야 채울 수 있다.
책을 권해도 체력이 떨어질 정도로 몰두할 분이었다.

다행히 겸손하게 귀 기울일 줄 아는 분이어서 출근
일수를 줄이고 생각 끊기를 연습했다. 관점을 바꿔 볼
필요가 있었다. 일만 했으니 이제 놀아 보고 쉬어 보는
것이다. 매주 육경춘 님은 활기를 찾아가고 있었다.
묻지 않아도 먼저 말씀하시고 호탕하게 웃기도
하셨다. 걸음걸이에도 힘이 생기기 시작했다.

  힘에 부치게 무거운 것을 들면 손이 떨린다. 노인이
손을 떠는 경우의 대부분은 근육량이 줄어들어서다.
성장호르몬이 줄어드는 20대부터 근육량은 줄어들기
시작한다. 운동을 해서 근육을 쓰는 일이 따로 있지
않으면 더더욱 빠르게 줄어든다. 매년 500g의 근육이
줄어들고 1kg의 지방이 늘어난다. 결과적으로 500g씩
체중이 늘어난다. 40세가 되어 10kg이 늘어나 있다면
근육은 10kg 줄어들고 지방은 20kg 늘어났다는
얘기다. 이렇게 다시 20년이 지나 노년을 맞아 자신의
팔을 들 기운조차 부족해지면 손이 떨리기 시작한다.
손이 떨리면 보통 사람들은 자신들이 아는 가장 나쁜
상황부터 떠올리기 쉽다. 파킨슨병이나 뇌질환을
염려하지만 대부분은 근육 손실 때문이다.

  신체에서 허리 아래의 근육이 전체 근육의 70%를

차지한다. 그래서 근육량을 늘리고 싶으면 허벅지와
엉덩이의 근육 운동이 효과적이다. 반대로 허벅지가
얇아진 것이 느껴진다면 운동 부족 때문이다.
치료 방법은 본인이 운동하는 것이지 의사가 해
줄 일은 없다. 손은 늘 사용하는 부위이기 때문에
마지막까지 남아 있는 힘이 손의 악력이다. 그래서
기력 없이 누워 있는 환자에게 다가갔다가 환자가
손으로 움켜쥐면 어디에 이런 힘이 있었나 하고
깜짝 놀라기도 한다. 손이 떨리기 시작하면 손의
근육량까지 줄어들었다는 뜻이다. 육경춘 님은 운동
개인 교습을 받는 것이 어떻겠냐고 물으셨지만 이미
손까지 떨리기 시작해 운동할 체력이 없었다. 우선
악력공을 권했다. 계란만 한 고무공을 쥐었다 폈다
하는 것이다. 손에 악력이 생기고 떨림이 줄어들어
효과를 확인하면 자신감이 생긴다. 악력공을
사용하면서 육경춘 님은 목소리도 밝아졌다.

　육경춘 님은 이후에도 큰 병원에서 몇 차례 더
검사를 받으셨다. 이미 여러 병원에서 병명을 찾지
못했지만, 육경춘 님은 파킨슨병을 의심하고 있었다.
그러다 서울의 대형병원에서 의심되는 바가 있으니

일주일간 입원해 정밀검사를 하자는 연락이 왔다.
그 소식에 육경춘 님은 처음 만났을 때처럼 기력을
잃었다. 이제 어떻게 하실 거냐고 묻자 자신에게
남은 것은 병원의 검사와 치료 일정을 따라가는
것뿐이라고 했다. 지난주와 이번 주의 몸 상태가
다르지 않을 텐데 병원에서 '의심되는 바가 있으니
검사해 보자'는 말을 들었다고 갑자기 기운이
빠지는 것은 무슨 이유에서냐고 물었다. 육경춘
님은 아직 할 일이 남았는데 이제 그걸 할 수 없으니
무기력해진다고 했다. 아니다. 일을 마저 못해서가
아니다. 놀았어야 했는데 일만 하다 끝나는 것 같아서
무기력해진 것이다. 병이 내게 알려 주는 것은 '이제
일할 수 없다'가 아니라 '이제 좀 놀아'이다. 아직
육경춘 님은 걸을 수 있고, 노래 부를 수 있다.
꼭 스키장 챔피언코스에서 스키를 타야 재미있는
것은 아니다. 중급자용 코스에서도 짜릿하게 탈 수
있다. 눈썰매장도 재미있다. 그냥 눈밭에 눕는 것도
신난다. 눈을 보며 가장 환호하는 건 스키선수가
아니라 아이들이다. 육경춘 님은 놓으려던 자기
삶의 주도권을 다시 쥐었다. 얼마나 열심히 일할 수

있는지가 아니라 얼마나 신나게 놀 수 있는지 해
보기로 했다. 검사를 앞두고 육경춘 님은 내가 본 것
중에 가장 즐겁게 웃으셨다. 상황은 바뀐 것이 없다.
다른 관점에서 보는 것뿐이다.

　이후의 검사에서 육경춘 님은 파킨슨병 진단을
받았다. 그러나 육경춘 님은 낙담하지 않았다. 병의
단면이 아니라 양면을 보았기 때문이다. 그 전에도
같은 검사를 여러 번 받았는데 나중에야 찾게 된
것은 찾기 어려워서가 아니라 그만큼 애매했다는
뜻이기도 하다. 육경춘 님은 몸이 하는 말에 더
순응해 오래 하던 사업을 정리했다. 성실하게 이룬
사업이기에 자녀에게 물려주고 싶었으나 그러면
자신이 일에서 벗어나기 어려울 것 같다는 것이
이유였다. 사실 진짜 재미는 오감에 있다. 내 몸을
쓰는 것이 재미있다. 아기들은 이것을 알기에
걸음마를 하면서도 환호하는 것이다. 육경춘 님은
노래도 배우고 춤도 배우기 시작했다. 급격하게
활력을 회복하기 시작했다.

　춤추다가 발목을 삐었다며 내원한 육경춘 님에게
사업을 정리한 것이 아깝지 않은지 물었다. 그러자

호탕하게 웃으며 답했다.

"이 재미를 알았는데 어떻게 돌아갑니까. 안
돌아갑니다."

3년이 지난 지금, 육경춘 님은 능숙하게 춤추고
노래한다. 악기도 배우기 시작했다고 한다. 손자를
얻은 뒤로는 카톡으로 사진과 동영상을 보내기도
한다. 이제 진짜 할아버지가 되었는데 육경춘 님은
오늘을 즐기고 내일을 꿈꾼다. 꿈꾸는 자가 청춘이다.

상선약수

자연스럽게 세상에 태어나고 자연스럽게 자라고
자연스럽게 죽는 것에 대해 생각한다. 내가 하는
진료가 그런 자연스러운 흐름으로 돌려보내는
작업이면 좋겠다. 진료실에서 만난 분들에게
"어디가 아파서 오셨어요?"라는 질문 이외에 "왜
이런 문제가 생긴 것 같아요?"라고 묻는다. 원인을
알아야 재발을 피할 수 있기 때문이다. "그럼 어떻게
해야 나을까요?"도 묻는다. 환자분들 스스로 답을
찾게끔 하지만 나에게 묻는 질문이기도 하다. 소화가,
배변이, 또는 잠드는 것이 자연스럽지 않다면 뭔가
내 생활 습관이나 생각 습관에 문제가 있는 경우가
많다. 생리나 임신이 자연스럽지 않은 것도 그렇다.
그러하기에 침도 놓고 약도 처방하지만 안 좋은

음식을 피하게끔 하거나 밖에 나가 걷기, 좋은 책
낭송하기를 권하고 잘하고 있는지 거듭 확인한다.

큰아이는 어느덧 커서 유치가 빠지고 있다. 어릴
때 어머니가 간신히 붙어 덜렁거리는 이를 실로 묶어
마지막 일격을 가하던 기억이 나서 나도 실로 묶어
시도해 보았으나 자꾸 미끄러졌다. 결국 나는
이 뽑기를 포기했는데 나중에 큰아이는 동생과
놀다가 이가 빠졌다며 들고 왔다. 첫 유치가 빠졌을
때는 치아 던질 곳을 궁리하다가 불국사 대웅전
지붕을 떠올렸다. 호기롭게 불국사에 갔으나 아이는
들떠서 뛰다가 대웅전 앞마당에서 이를 잃어버렸다.
뭐 불국사 대웅전의 모래알도 괜찮다. 얼마 전에는
치과에 정기 검진하러 갔다가 흔들거리는 이도
뽑고 왔다. 이번에는 어느 곳에 던질까 궁리 중이다.
첨성대를 떠올리며 그곳까지 던지기 위한 내 팔
힘과 유치의 무게와 공기저항을 잠깐 생각했다.
혹시 첨성대 꼭대기에는 천 년간 이렇게 던져진
유치가 가득하지는 않을까? 아, 이건 자연스러운
생각이라기보다는 유치한 생각이다.

이제 큰아이는 열 살이 되고 둘째도 여덟 살이 되어

초등학교에 간다. 내가 경주에 온 지도 10년이 된다.
아이들의 아기 때 사진을 보니 너무 어여쁘다. 아기를
안고 있는 아내도 곱고 나도 젊다. 이 아기들을 다시
볼 수 없다는 생각에 아쉽다. 젊고 곱던 우리들의
모습도 그립다. 그러나 다시 돌아갈 수 없다. 나는
나이 들고 아이들은 자란다.

한 곳에서 보낸 시간이 10년에 이르니 점차
약해지는 분들의 모습이 눈에 밟힌다. 오래 당뇨를
앓던 분이 다리가 가늘어지고, 파킨슨병을 앓는 분의
떨림이 심해지는 것을 보면 안타깝다. 생로병사의
흐름 앞에 무력감을 느낀다. 배곯는 사람 옆에서
혼자 먹는 것은 차마 못할 짓이지만 선후의 차이는
있더라도 함께 배에서 꼬르륵 소리가 들리면 덜
미안하다. 그래서 이럴 때는 나도 함께 나이 들어가고
있음이 위로가 된다.

기분이 가라앉으려고 하면 다시 상선약수를
생각한다. 흐르는 물을 계속 막을 수는 없다. 댐을
만드는 것도 결국 적절하게 물을 흘려보내기
위함이다. 유치가 아깝다고 뽑지 않으면 영구치가
제대로 나지 못한다. 헌 이를 보내야 새 이가 나온다.

아이가 자라고 나는 나이 든다. 나는 장년이 되고
나보다 먼저 난 이는 노년을 맞이한다. 생로병사의
흐름 역시 물이 흐르는 것과 같다. 실개천이든
나일강이든 계속 흘러간다. 물이 다다른 곳은 모든
것을 받아주는 바다다. 그곳에서 실개천도 나일강도
서로 남이 아니었음을 비로소 안다. 물이 흐르듯
우리의 시간도 흐른다. 우리의 인생이 물처럼 흐르면
나중에 난 이와 먼저 난 이가 결국 같은 곳에 이를
것이다. 그렇게 흐르는 시간을 보다 즐겁게 누리고
아름답게 채색할 수 있도록 아이를 키우고, 나의
인생을 누리고, 내게 오는 분들을 맞이할 것이다.
그게 행복할 테니까.

락樂

: 인생을 춤추게 만드는 책 처방

아이들에게 아침에 일찍 일어나면 7시 30분까지
TV를 볼 수 있다고 약속했다. 두 아이는 깨우지
않아도 7시면 일어나서 소피아공주를 넋 놓고 본다.
운동 갔던 내가 돌아와도 눈길조차 주지 않는다.
그렇게 재미있는 모양이다. TV를 꺼야 그제야 눈을
마주치고 "다녀오셨습니까?"라며 인사한다. 몰입의
즐거움에 빠져있을 때는 어떤 말을 해도 들리지
않는다. 아이돌에 열중하는 중학생이나, 오락에 빠져
있는 청소년, 스포츠중계에 열광하는 청장년에게도
마찬가지이다. 즐거운데 어떻게 끊는단 말인가.

학교 공부에 몰입하면 좋을 텐데 다들 해 봐서
알지만 쉽지 않다. 회사 일을 스포츠 중계나 드라마
보듯 몰입하기도 쉽지 않다. 간혹 그렇게 하는
사람들이 명문대에 가거나 기업 임원이 되기도

하지만 그 사람들도 처음부터 몰입할 수 있었던 건
아닐 것이다. 꾸준히 반복해서 어느 수준에 이르러야
탄력이 붙는다. 그럼에도 오락보다 재미없는 공부에,
스포츠 중계보다 재미없는 회사 일에 몰입하려고
본능을 거스르며 애쓰는 까닭은 무엇일까? 당장의
재미는 떨어지지만 나중에 유익하기 때문이다. 지금
좋은 것은 재미있고, 나중에 좋은 것은 유익하다.
재미만 좇으면 나중에 후회하고, 유익함만 좇으면
지겹다. 재미도 있고 유익해야 지금도 좋고 나중에도
좋다. 확 몰입하지 못하더라도 계속 하다 보면 은근히
재미를 느껴 깊이 몰입하게 된다.

　　모든 것에 음양이 있듯이 즐거움과 몰입에도
장점과 단점이 있다. 편식이 심한 아이의 건강이
나빠지는 것처럼 좋아하는 것에만 몰입하고 즐거움만
좇으면 편협해지기 쉽다. 교양의 폭은 좁아져 즐길 수
있는 것이 적어지고, 내게 박수쳐 주는 사람만 반기다
보니 친구도 없이 부모밖에 남지 않는다. 나중에는
자신이 이렇게 된 것이 부모 탓이라며 부모마저
원망한다.

나이가 들수록 내 주변에 나와 비슷한 사람만
있다면 더불어 지낼 줄 모른다는 뜻이다. 20대의
나와 40대의 나, 60대의 내가 한 자리에 모이면
어떻게 될까 상상해 본다. 삶의 다양한 스펙트럼보다
이분법이 익숙했던 20대의 나는 40대의 나를 보며
날을 세울 것이다. 나는 지금의 내가 20대의 나에게
"내가 살아 봐서 아는데"라고 말할까 경계한다.
20대의 나도 다양한 삶의 스펙트럼의 일부이다.
나이가 들수록 내 입장을 고집하는 것이 아니라
더 많은 사람의 입장을 이해하고 존중할 수 있으면
좋겠다. 그래서 내가 60살이 되었을 때보다 80살이
되었을 때 포용할 수 있는 사람이 많아지면 좋겠다.
익숙함의 함정에 빠져 다양성이 주는 즐거움을 놓치지
않게 주의해야 한다. 그래야 더 유쾌하고 상쾌하다.

〈어떻게 살 것인가〉 유시민

생각의길, 2013

항상 고민하는 주제다. 저자는 책의 제목을 크라잉넛이 쓴 같은 제
목의 책에서 빌려 왔다. 저자의 정치 성향이 본인과 달라서 꺼려진다
면 더 권하고 싶다. 적어도 본인보다 더 포용력이 넓은 사람이니 반드
시 배울 바를 발견할 것이다. 다양한 주제를 폭넓고 균형 있게 다룬다.
이 책을 읽고 호기심이 생겨 크라잉넛의 〈어떻게 살 것인가〉도 보았
다. 책의 부제는 '좋아한다면 부딪쳐, 까짓 거 부딪쳐!'다.

〈노는 만큼 성공한다〉 김정운

21세기북스, 2005

제목이 가볍다 여겨 저자의 베스트셀러 〈나는 아내와의 결혼을 후회
한다〉를 오랫동안 읽지 않았다. 읽고 나서는 더 일찍 읽지 않은 것을
후회했다. 그리고 저자의 다른 책들, 절판된 책들까지 찾아 읽었다. 재
미 속에 깊이와 유익함을 갖춘 책들이었다. 이 책에서는 열심히 하는
것만으로는 왜 한계가 있는지, 왜 노는 만큼 성공하는지 설득력 있게
알려 준다. 놀 줄 모르는 사람들이 제대로 놀 수 있게 도와준다.

〈마녀체력〉 이영미

남해의봄날, 2018

놀아본 적이 없어서, 놀려고 해도 체력이 안 돼서 주저하는 분들이 많다. 우선 몸부터 움직여 보는 것이 좋다. 책상에만 앉아 있던 저질 체력의 편집자가 운동을 시작해서 철인3종 경기까지 나가는 이야기이다. 나도 지금보다 나아질 수 있다고 결심하게 도와준다. 운동을 하다 보면 활력이 생긴다. 활력이 생기면 재미를 찾게 된다. 그렇게 할 기분이 아니라면? 안 움직여서 기분이 안 나는 거다. 운동중독자를 제외하고는 운동하지 않아서 행복해졌다는 사람은 없다.

〈아주 작은 반복의 힘〉 로버트 마우어 + 장원철 역

스몰빅라이프, 2016

오늘 만 보를 걷는 게 목표가 아니다. 매일 움직이는 게 목표다. 태양은 제자리에서 불타오르기만 한다. 하지만 불타는 것을 쉰 적이 없다. 그 결과 지구에는 온갖 생명이 번성한다. 〈중용〉에서 강조하는 것도 꾸준함誠이다. 꾸준하려면 매일 할 수 있는 작은 일부터 하는 거다. 운동하기로 마음먹었다면 오늘은 운동화 끈만 묶어 보고, 내일은 운동화 신고 문만 한 번 열었다 닫는 거다. 아주 작은 반복의 힘이 생명을 번성하게 할 것이다.

〈재미가 없으면 의미도 없다〉   김홍민

어크로스, 2015

몸의 활력이 생기니 다른 사람들은 어떻게 재미있게 사나 살펴보게 된다. 나는 차가 없어서, 나는 돈이 없어서, 나는 시간이 없어서라는 핑계를 대기 전에 나는 차가 없다, 나는 돈이 없다, 나는 시간이 없다는 전제 위에서 어떻게 재미있게 살 수 있는지 궁리해 보자. 그럴 때 창의적인 방법이 나온다. 독자층도 적고 마케팅비도 부족한 상황에서 재미있고 유쾌하게 온갖 기발한 마케팅 방법을 찾아내는 출판사 대표가 쓴 책이다. 이순신 장군도 '배가 열두 척밖에 없는데…'가 아니라 '내게는 배가 열두 척이 있다'에서 시작해 방법을 찾았기에 위대한 것이다. 지금 현재의 상태를 기초로 문제를 풀어가는 태도를 배워 보자.

〈저 청소일 하는데요?〉   김예지

21세기북스, 2019

즐거움을 찾는 것이 지나쳐 '가슴 뛰는 일을 하라'는 말에 일의 선후를 잃어버린 분들이 있다. 성인이라면 우선 자립할 수 있어야 한다. 생존만큼 중요한 것은 없으니 이때는 직업에 귀천이 없다. 생존과 자립이 해결된 뒤에는 효율성을 추구할 수 있다. 같은 시간 일해서 높은 수익을 올릴 수 있는 일을 찾는 것이다. 효율성을 어느 정도 이룬 뒤에는 효율이 낮아지는 일이더라도 즐거움을 찾아 일을 바꿔 볼 수 있을 것이다. 창작자로서 살고 싶었으나 자립하기 위해 청소일을 시작한 용기 있는 20대 여성이 있다. 닮고 싶은 멋진 분들이 점점 많아지고 있다.

〈열 살 전에 더불어 사는 법을 가르쳐라〉
이기동 + 이원진 엮음

걷는나무, 2016

혼자 노는 건 재미없다. 놀이를 하건, 일을 하건 함께하는 사람이 많아야 신이 난다. 계곡에서 홀가분하게 혼자만의 시간을 보내고 있더라도 사이좋은 연인을 부러워하지 않을 자신은 없다. 분업과 협업이 잘되는 열 명을 나 혼자서는 도저히 당해 낼 수 없다. 손자도 병사의 수가 많은 것이 병법의 첫 번째라고 했다. 그래서 아이에게도 더불어 사는 법을 가르치고 싶은데 내가 못하는 걸 어떻게 가르친단 말인가. 저자는 아무리 어울리는 게 좋다 하더라도 부모는 아이의 '베프'가 되려고 하지 말라고 한다. 권위적이지는 않되 권위를 잃지 않아야 한다. 권위는 스스로 모범을 보일 때 생긴다. 그러니 나부터 잘 살면 된다. 나부터 더불어 살면 된다.

〈나는 아내와의 결혼을 후회한다〉　김정운, 21세기북스, 2015

〈노는 만큼 성공한다〉　김정운, 21세기북스, 2005

〈마녀체력〉　이영미, 남해의봄날, 2018

〈사피엔스〉　유발 하라리, 조현욱 역, 김영사, 2015

〈아주 작은 반복의 힘〉　로버트 마우어, 장원철 역, 스몰빅라이프,

2016

〈어떻게 살 것인가〉　유시민, 생각의길, 2013

〈어떻게 살 것인가〉　크라잉넛, 동아일보사, 2010

〈열 살 전에 더불어 사는 법을 가르쳐라〉　이기동, 이원진 엮음,

걷는나무, 2016

〈재미가 없으면 의미도 없다〉　김홍민, 어크로스, 2015

〈저 청소일 하는데요?〉　김예지, 21세기북스, 2019

epilogue

좋은 음식을 가려 먹듯
좋은 책을 골라 읽는 것

나를 키운 것은 8할이 사람이었다. 햇볕도 아깝다며
대야에 물을 받아 온기를 모으던 어머니,
가장으로서의 무게에 어금니를 하나씩 잃어 가면서도
한결같았던 아버지, 음양으로 내 강박을 깨고 인생을
바꿔 준 스승님, 배려와 존중을 몸소 보여 주는 아내,
믿음으로 교제하는 종학, 원준, 규성이 형, 경주에서
만난 정 많은 이웃들. 그밖에도 직접 만나고 대화한
것은 아니나 내가 성장하는 데 크게 도와준 사람들이
있다. 바로 책을 통해 바른 길을 알려 준 저자들이다.
  책을 읽기 시작한 계기는 서점 주인 아저씨
덕분이었다. 용돈 주는 것에 엄격했던 부모님이 책

구입에 있어서만큼은 돈을 아끼지 않으셨다. 용돈을
받아 서점에 가면 아저씨가 몇백 원을 깎아 줬고
그 돈은 내 주머니로 들어갔다. 그 돈을 모아
좋아하는 조립식 장난감을 사기 위해 부지런히 책을
읽었다.

사춘기 때엔 형이 없는 것이 아쉬웠다. 무엇을
어떻게 할지 조언해 줄 사람이 필요했다. 아버지에게
묻기에는 자라 온 환경이 달랐다. 강산이 세 번은
바뀌고도 남았으니 아버지의 경험과 나의 경험은
차이가 컸다. 그때부터는 답을 찾기 위해서 책을
읽었다.

워렌 버핏과 대화하며 식사할 수 있는 기회가 매년
경매에 나온다. 굳이 고가의 경매에 참여할 필요 없이
워렌 버핏의 책을 읽으면 된다. 워렌 버핏보다 더
만나고 싶은 분들도 책을 썼다. 이미 돌아가신 분들도
책을 남겼다. 뛰어난 사람들은 책을 쓸 때도 혼신의
힘을 다해서 쓴다. 나는 경청하는 자세로 그들의
이야기를 듣는다. 그들의 이야기들이 내 생각의
모자이크를 이룬다.

피부는 1개월이면 다른 피부 세포로 교체된다.
적혈구의 수명은 4개월이다. 뼈도 9개월이면 교체된다.
불과 5년도 안 되어 내 몸의 모든 세포가 교체된다.
모두 그 기간 동안 내가 먹은 동물과 식물의 세포
분자들이다. 희한하다. 나는 5년 전과 같은 사람인 것
같은데 내 몸에 5년 전과 같은 세포는 없다.

생각도 마찬가지이다. 내가 과거에 경험했던 일에
대한 기억은 그때의 기억이 아니다. 내가 떠올릴
때마다 가장 최근의 기억이 나오고 그것을 복사해서
저장한다. 마치 책을 필사하는 것과 같다. 책을 꺼내
필사하고 원본은 버리고 필사한 책을 저장하는
것이다. 거듭 필사할수록 오탈자가 생긴다. 원본은
이미 사라졌기에 오탈자가 생겨도 모른다. 기억을
100번 떠올렸다면 기억을 100번 복사한 셈이다.
여러 번 복사할수록 오탈자도 많이 생긴다. 그러니
내 기억은 모두 당시의 기억이 아니라 가장 최근에
복사한 기억이고 실제는 어떠했는지 알 수 없다.

몸의 세포와 마찬가지로 내가 하고 있는 기억도 5년
전에 내가 했던 기억과 모두 다르다. 그렇다고 몸의

세포가 바뀔까 봐 먹는 것을 거부하는 사람은 없다.
마찬가지로 내 기억과 생각이 바뀔까 봐 다른 사람의
이야기를 듣는 일을 거부하는 것은 어리석다. 좋은
음식을 가려서 찾아 먹듯이 나는 양서를 골라 읽는다.
좋은 것은 최대한 내 것으로 만들려고 한다. 어차피
내 것은 없다. 내가 진료할 때 쓰는 지식도 모두 배운
것이지 스스로 알아낸 것이 없다. 내 것이 아닌데
내가 알아낸 것 마냥 우쭐대는 것은 부끄러운 일이다.
내가 아름다운 모자이크를 만들더라도 모두 다른
사람, 다른 존재의 도움으로 이룬 것이다.

　내가 여기에 쓴 글 역시 모두 남의 힘으로 쓴
것이다. 다른 생명으로부터 취한 에너지로 내 몸을
움직였고, 다른 사람들과 다른 존재들에게서 배운
생각들을 풀어놓았다. 가급적 기억하는 대로 출처를
밝히려고 했지만 단어 하나마다 출처를 밝히기도
어렵고, 상술했듯이 내 세포가 거듭 바뀌고 기억을
거듭 복사한 탓에 기억이 온전하지 않아 부득이
밝히지 못한 깃도 있다. 기억은 못 해도 감사하는
마음은 간직하고 있으니 양해를 바란다.

마스크를 쓴 지난 2년 동안 우리의 생활이 많이 바뀌었듯이 한의원의 풍경도 많이 바뀌었다. 음식을 나눠 먹는 일도 사라지고 인사 겸 들르는 일도 줄었다. 그래도 없어진 것을 아쉬워하기보다 지금 있는 것에 감사한다. 두 다리만 있어도 충분하다는 뜻의 만족滿足이라는 말이 지혜롭다. 기대를 낮춘 만큼 감사할 것이 많아지고 감사할수록 힘이 생긴다. 그 힘으로 나아간다. 작은 도시의 작은 동네에서 활짝 웃는 분들을 많이 만났다. 마스크를 쓰고 있어도 그분들이 어떤 표정으로 계신지 안다. 오늘도 감사하다. 이 책의 마지막까지 읽어 주신 분들께도 감사드린다. ◆

도서출판 남해의봄날
비전북스 31

우리 인생의 모범답안은 정해져 있지
않습니다. 대다수가 선택하고, 원하는
길이라 해서 그곳이 내 삶의 동일한
목적지는 될 수 없습니다.
진정한 자유를 위해 용기 있는 삶을
선택한 이들의 가슴 뛰는 이야기에
독자 여러분을 초대합니다.

마음병에는 책을 지어드려요

초판 1쇄 펴낸날 2022년 3월 31일
초판 3쇄 펴낸날 2022년 12월 27일

지은이 이상우
사진 강희은
편집인 박소희책임편집, 천혜란
마케팅 황지영, 이다석
디자인 studio fttg
종이와 인쇄 미래상상

펴낸이 정은영편집인
펴낸곳 남해의봄날
경상남도 통영시 봉수1길 12, 1층
전화 055-646-0512
팩스 055-646-0513
이메일 books@namhaebomnal.com

페이스북 /namhaebomnal
인스타그램 @namhaebomnal
블로그 blog.naver.com/namhaebomnal
ISBN 979-11-85823-83-6 03810

2012년 7월 첫 책을 펴내고, 올해 열 살이
된 남해의봄날이 펴낸 예순네 번째 책을
구입해 주시고, 읽어 주신 독자 여러분께
감사의 마음을 전합니다.
이 책은 저작권법에 따라 보호 받는
저작물이므로 무단 전재와 무단 복제를
금하며 이 책 내용의 전부 또는 일부를
이용하려면 반드시 저작권자와
남해의봄날 서면 동의를 받아야 합니다.
파본이나 잘못 만들어진 책은 구입하신
곳에서 교환해 드리며 책을 읽은 후
소감이나 의견을 보내주시면 소중히 받고,
새기겠습니다. 고맙습니다.